Inhalt

MISCHA
heißt mit Nachnamen Berger und wird demnächst 15. Da erfährt er, daß sein Leben von einem Geheimnis überschattet ist: Warum erhält ausgerechnet er den Zauberstein von der phantastischen Welt Camelon? Warum wird er auf Camelon „der wahre Erbe der Macht" genannt? Und wieso kann er sämtliche Sprachen aller Menschen, Wesen, Pflanzen und Tiere Camelons so mühelos verstehen und sprechen?

Dabei ist Mischas bisheriges Leben ziemlich normal verlaufen; sofern man als einziger Sohn eines Schauspielerehepaars überhaupt ein normales Leben führen kann (allein in den letzten zwei Jahren machte ihr Beruf immerhin drei Umzüge nötig!).

Wie auch immer: Mischa gilt an der Dr.-Engel-Realschule als Sportskanone – besonders im Zehnkampf nehmen es nicht mal Ältere mit ihm auf. Auch in Deutsch, Geschichte und Englisch ist er besonders fit, ohne ein Streber zu sein. Seine Hilfsbereitschaft macht ihn bei den meisten seiner Klassenkameraden nur um so beliebter. Mischa liest gern, ist in einer Rockband als Sänger aktiv und hat zwei kleine Katzen, in die er förmlich vernarrt ist: Goliath und Fridolin.

Allerdings hat er für sie immer weniger Zeit, nachdem es ihn das erste Mal nach Camelon verschlägt. Auf Camelon ist er der wahre Erbe der Macht, der Träger des Zaubersteins – und so macht er sich mit seinen drei Freunden Rajd, Thay-Lee und El Botzo, dem Kobold, auf, die Rätsel seiner Herkunft und Bestimmung zu lösen. Damit kommt es aber unweigerlich zum Kampf gegen die Meister der Lüge – und ein phantastisches Abenteuer jagt das andere.

THAY-LEE

ist 14 Jahre alt, schlank und durchtrainiert – und wie Mischa ein Draufgänger reinsten Wassers. Als Anführerin der ehrenwerten jugendlichen Diebe von Sammtho knöpft sie den Reichen Geld ab, wo sie nur kann, und verteilt es an Arme und Hungernde. Thay-Lee ist weithin ein Begriff und sehr beliebt – und: ihr Betätigungsfeld (wie sie das nennt) ist beileibe nicht nur auf Sammtho beschränkt . . .

In Thay-Lees Augen glitzert der Schalk, obwohl sie eine schreckliche Kindheit hatte: Sie ist Waise, ihre Eltern hat sie nie gekannt. Aufgewachsen ist sie in den Waisenhäusern von Qham-Dhura, einer Stadt im Norden. Von dort ist sie geflohen, sobald sie alt genug dazu war, und zu den Amazonen von Rhij gegangen. Von klein auf ist sie daran gewöhnt, sich durchs Leben zu schlagen und sich den Lebensunterhalt selbst zu verdienen. In einer rauhen Welt wie Camelon ist dies beileibe nicht einfach. Diese harte Lebensschule aber macht sie anderen, gleichaltrigen, ziemlich überlegen, was sie aber nie großspurig herausstellt.

Auf ihrer linken Wange hat sie eine halbmondförmige Narbe, die hellrot leuchtet, wenn sie aufgeregt oder zornig ist – und dank ihrem hitzigen Temperament ist sie das recht oft. Aber unter ihrer stacheligen Schale verbirgt sich ein goldener Kern. Und manchmal, wenn sie über ihre Eltern nachsinnt und darüber, weshalb sie sie wohl ausgesetzt hatten, wird sie sehr still und traurig.

Im Kampf gegen das Böse auf Camelon sind Mischa und Thay-Lee ein unschlagbares Team!

RAJD
wird deshalb von allen nur Rajd genannt, weil sich seinen vollständigen Namen Rajd Uvo Ben Mandin Kalifato Rajd kein Mensch merken kann. Er ist 17 Jahre alt und der Verspielte König des Wüsten-Kalifats Kuur. „Der Verspielte“ heißt er deshalb, weil er vor allem mit Zauberformeln und magischen Dingen herumexperimentiert – sehr zum Leidwesen derjenigen, die in seiner Nähe sind. Aber nichts kann ihn bremsen: außer Essen jeglicher Art ist die Magie seine große Liebe, und so hat er stets ein offenes Ohr für Zauberdinge. Ein richtiger Zauberer ist er allerdings beim besten Willen nicht. Meist vergißt er, beim Aufsagen seiner Zaubersprüche diese oder jene Kleinigkeit zu beachten – und schon ist buchstäblich die Hölle los.

Rajd jedenfalls hält sich trotzdem für unschlagbar – und seit er den Kobold El Botzo (durch puren Zufall) aus einem Käse befreit hat, der auf magische Weise haltbar gemacht war und als Gefängnis diente, ist sein Selbstbewußtsein geradezu gigantisch. El Botzo kann sich dann auch alles herausnehmen – Rajd liebt ihn unerschütterlich und verzeiht ihm alles.

Nun, über Langeweile kann sich der Verspielte nicht mehr beklagen, als er Mischa kennenlernt. Von da an geht's rund – und so gibt es auch für Rajd kein Halten mehr. Er hat genug von katzbuckelnden Beratern und zieht mit Mischa, Thay-Lee und El Botzo los, um dem Guten zu dienen und Abenteuer zu erleben. Das Zaubern will er fortan bleibenlassen – sagt er wenigstens. Leider bricht er diesen guten Vorsatz nur allzuoft . . .

Trotzdem – Rajd ist ein Original, ein prima Kerl und ein toller Freund, auf den man sich blind verlassen kann – *solange er nicht zaubert!*

CAMELON
Die wolkenhohen Berge von ASKARATH
Das Reich der Vogelmenschen
TAL DER GEISTERNEBEL
DAS LAND DES STEINKÖNIGS
FELSLANDE
Raubritterburg
Schloss Falkeneck
Die alte Westland Route
UZZEROK
die Roststadt
Elfenhain
KAMARDAN
die Felsenstadt
Kristall-Klippen
Der hohe Hort der Präriehexen
STEPPE
Der Ay
Der Silhir
Der Ko
Der Fluß LAGHYR
NACH ERAR

1. Terror in der S-Bahn

Vorhin hatte es geregnet – ein kurzer, heftiger, warmer Sommerregen. Aber an den erinnerten jetzt nur noch die Tropfen an den Scheiben der schnell dahingleitenden S-Bahn, die naß glänzenden Straßen draußen, die gluckernden Wasserströme in den Rinnsteinen und allenfalls noch ein paar besonders mißtrauische Passanten, die ihre Schirme einfach nicht abspannen wollten.

Abgesehen von der alarmierend ansteigenden Smoggefahr bestand eigentlich kein Grund für eine Weltuntergangsstimmung, fand Mischa. Trotzdem schienen die Menschen von einer solchen befallen worden zu sein. Wie ein Fieberwahn hatten sich Hektik und Aufregung in die Straßenschluchten gesenkt, und die Zauberworte dafür hießen:

Freitag! Feierabendzeit! Noch zwanzig Minuten bis 18.00 Uhr.

Die Straßen waren mit endlosen Autoschlangen verstopft, die nur im Schrittempo vorankrochen und dafür um so mehr Abgaswolken ausspuckten. Jeder hatte es eilig, jeder wollte so schnell wie möglich nach Hause kommen oder noch kurz vor Ladenschluß etwas einkaufen.

Und hier drinnen, in der S-Bahn, rings um Mischa, war diese Hektik und Aufregung, dieser aberwitzige Pulsschlag der Zivilisation, gleich doppelt und dreifach so deutlich zu spüren als anderswo. Hier waren sie auf engstem Raum konzentriert.

Die zerschlissenen Sitze des Abteils waren dicht an dicht besetzt. In den Mittelgängen standen die Menschen zusammengepfercht wie Vieh und hielten sich an Halteschlaufen oder den ehemals chromblitzenden Haltestangen fest. Um Mischa herum wuchs eine Mauer aus Körpern empor: Männer und Frauen, Mädchen und Jungen. Manche schwatzten miteinander und kicherten und lachten. Die meisten aber standen einfach nur da, mit ernsten oder ausdruckslosen, mit verschlossenen oder abweisenden Gesichtern. Ihre Augen wirkten seltsam blicklos. Nur wenn die S-Bahn an einer Haltestelle anhielt, flackerte kurz Leben darin auf. Noch vier, drei, zwei Stationen, dann hab' ich's auch überstanden. Wie viele denken das wohl gerade in dem Moment? fragte sich Mischa.

Dann zog die S-Bahn wieder an, ein hartes Rucken schüttelte die Leute durcheinander, kurzes Gedränge hier und da – und alles war wieder wie vorhin. Schwatzen, Murmeln, Kichern. Und Schweigen. Und über all dem, wie ein unsichtbares, klebriges Netzwerk: das Rumpeln und Stampfen der S-Bahn, das harte Schleifen der Metallräder auf den Schienen, das Zischen des Fahrtwindes, der Schweißgeruch vieler Menschen, die typische Ausdünstung feucht gewordener Kleidung. Hier und da, dann und wann vielleicht ein paar Geräuschfetzen von draußen – aus der vorbeihuschenden Stadt: Hupen. Menschenstimmen. Ein Ruf.

Mischa kannte das alles zur Genüge, aber es faszinierte ihn doch jedesmal wieder aufs Neue, wenn er in diesen Menschenmassen eingekeilt war.

Die Fahrt ging weiter. Die Menge wurde unruhig. Wann kommt endlich die nächste Haltestelle? fragte sich nun auch Mischa. Natürlich – auch er fuhr nicht zum Vergnügen am Freitagabend mit der S-Bahn Richtung Stadtzentrum und Endstation Hauptbahnhof. Er hatte von seiner Mutter noch kurzfristig einen Eilauftrag erhalten: „Du liebe Güte, ich hab ganz vergessen, einzukaufen. Mischa, bist du so lieb und holst noch schnell was? Hier, ich schreib's dir auf . . ."

Klar, daß er so lieb war, und schon war er losgezischt. Der Tante-Emma-Laden um die Ecke war krankheitshalber geschlossen gewesen. Also ins Stadtzentrum, in den Kaufmarkt. Da kriegte er alles an Ort und Stelle. Und deshalb steckte er jetzt hier fest; inmitten all der Berufstätigen, die sich von der S-Bahn zum Hauptbahnhof karren ließen. Eine

menschliche Ölsardine unter hundert anderen. Oder waren es tausend? Na, egal.

Er seufzte lautlos in sich hinein, löste die linke Hand von der Halteschlaufe über seinem Kopf und klammerte sich gleich darauf mit der anderen fest.

Neun Minuten vor sechs, stellte er mit einem raschen Blick auf die Uhr fest. Das wird knapp, befürchtete er. Um Viertel nach sechs wird geschlossen. Drei Minuten brauche ich von der Haltestelle zweites Untergeschoß Hauptbahnhof bis zum Kaufmarkt. Mindestens. Selbst wenn ich fliege. Und dann noch einkaufen. Oh, Mann!

Natürlich hatte seine Mutter das Einkaufen heute nur deshalb vergessen, weil sie sich zur Zeit auf ihre neue Rolle vorbereitete und Text auswendig lernte. Seine Mutter war – wie auch sein Vater – Schauspieler. Theaterschauspieler, selbstverständlich, nicht beim Fernsehen oder gar beim Film. Noch nicht – aber Mischas Mutter wurden immerhin sowohl von Kritikern wie auch vom Publikum rosarote Zeiten vorausgesagt. Tja, und darin bestand momentan auch das ganz große Problem: Seine Mutter hatte momentan eine Rolle – auf Anhieb gekriegt! – und sein Vater nicht. Das bedeutete: dicke Luft zuhause. Schon seit Tagen. Denn schließlich waren sie aus der letzten Stadt weg und hierher gezogen, weil Vater gehofft hatte, hier ein Engagement zu bekommen. Man hatte ihm Versprechungen gemacht – immer wieder. Endlich nicht nur ein Jahresvertrag, sondern fast schon so etwas wie eine Festanstellung . . . und zwar für ihn und seine Frau. Das hätte bedeutet: Endlich einmal kein Zigeunerleben mehr führen zu müssen, nicht mehr jedes Jahr an ein anderes Theater wechseln zu müssen. Und was ihn, Mischa, betraf: Endlich mal an einer Schule bleiben können und richtige Freunde finden und behalten!

Nun, jetzt waren sie hier – und nichts war anders. Seine Mutter hatte Arbeit. Sein Vater nicht. Er war verzweifelt; verletzt. Auch wenn er sich alle Mühe gab, das nicht allzu deutlich zu zeigen – Mischa wußte, daß es so war. So eine Abfuhr konnte das Selbstwertgefühl und das Selbstvertrauen ganz schön ankratzen.

Die Tunnelöffnung war wie ein Drachenmaul – oval und dunkel. Vor den Fenstern vollzog sich ein schneller Wechsel von Helligkeit zu Finsternis. Im Abteil herrschte eine kalte, elektrische Helligkeit vor, die die Gesichter der Menschen wie in Gletschereis eingefroren aussehen ließ. Schatten huschten darüber.

Dann kam die nächste Haltestelle – die letzte vor der Hauptbahnhof-Haltestelle, an der auch Mischa aussteigen mußte. Die S-Bahn hielt. Mahlendes Schleifen begleitete den Bremsvorgang, und diesmal hörte es Mischa sogar trotz des satten Sounds, der aus den Kopfhörern brodelte. Die Türen öffneten sich wie von Geisterhand. Menschenmassen drängten hinaus. Menschenmassen drängten herein. Mischa wurde von der Tür weg und weiter nach hinten geschwemmt. Irgend jemand trampelte ihm auf den Zehen herum. Ein anderer rammte ihm den Ellenbogen in die Rippen.

Ein Hüne mit einer hellblonden Meckifrisur und ziemlich rohem Gesicht drückte Mischa zur Seite, als wäre er nur ein Schilfrohr. Mischa verzichtete darauf, einen bösen Kommentar abzugeben. Er wollte einkaufen – keinen Streit.

Aber der Ärger war bereits programmiert.

Kurz bevor sich die Türen wieder schlossen, kamen die drei Unheimlichen . . .

★

Es waren Ledertypen!

Die Bosheit triefte ihnen förmlich aus den Augen. Ihre Gesichter ähnelten sich zumindest darin. Wie ein Höllengewitter platzten die Kerle in die dichtgedrängte Menge herein. Jede ihrer Bewegungen machte klar, daß man besser daran tat, ihnen Platz zu machen, und ihnen überhaupt auch sonst nicht in die Quere zu kommen.

Die Türen schlossen sich. Mit einem dröhnenden Summen zog die Bahn ab. Die drei Lederfans wieherten vor Lachen, als sie die angsterfüllten Gesichter der Menschen sahen.

Mischa spannte sich an. Er sah nicht allzuviel von den Burschen, versuchte das aber zu ändern. Mit einer andächtigen Bewegung schaltete er seinen Walkman aus und schob die Kopfhörer von den Ohren. Lässig hängte er sich den Bügel um den Hals. Die Alltagsgeräusche und das übertrieben kaltschnäuzige Geschwätz der drei Burschen stürmten förmlich auf ihn ein.

„Und dann hab' ich ihm ein Tor reingeknallt, daß ihm Hören und Sehen vergangen ist", wieherte der Größte des Horror-Trios. „Ein Tor mitten in die Visage, versteht ihr? Ja, habt ihr's kapiert, Jungs? Päng!" Er deutete einen vernichtenden Fausthieb an.

Die Leute wichen noch mehr zurück. Eigenartig, wie viel freien Platz es unvermittelt rings um die Schläger in der S-Bahn gab. Mischa bekam Atemnot, konnte inzwischen aber durch einen schmalen Spalt vor sich die drei im Auge behalten.

Der Große gab weiterhin an, daß einem übel werden konnte. Mischa hörte nur noch beiläufig zu, während er die Typen musterte.

Der Große sah gar nicht mal schlecht aus; sein Gesicht war braungebrannt und ebenmäßig. Ein dünner Oberlippenbart zierte es – wahrscheinlich sollte er ihn älter machen, als er tatsächlich war. Mischa schätzte ihn – wie auch die beiden anderen Schläger – auf höchstens 18. Die blonden Haare trug er mittellang, jedenfalls vorne und seitwärts. Im Nacken hing eine etwa zwanzig Zentimeter lange Haarsträhne über den Lederjackenkragen und wischte hin und her, sooft er den Kopf zu seinen links und rechts von ihm stehenden Kumpanen drehte.

Die beiden hätten Brüder sein können – Gorillabrüder. Ihre Gesichter waren derb und gerötet; wahrscheinlich hatten sie vorhin noch schnell ein paar Bier gekippt, damit's mit dem Mut auch klappte. Ihre Kinnpartien hatten seit Tagen keinen Rasierer mehr gesehen. Auf die Lederjacken hatten sie Totenköpfe gemalt; und damit man sie auch garantiert sah, sogar mit Leuchtfarbe und in allen Größen. Das sah schon wieder komisch aus. Bloß hatten die beiden das ernstgemeint.

Der eine, links von seinem ‚Boß' stehende, zog ein Schnappmesser und ließ die Klinge aufblitzen. In der Menge stöhnte jemand erschrocken auf. Das gefiel dem Gorilla sichtlich. Er feixte und begann sich mit der Messerspitze die Fingernägel zu putzen. In einer krampfartigen Bewegung zogen sich die Menschen wie ein einziger Körper noch weiter zurück.

Der Große tönte weiter: „. . . und so geht's jedem, der sich mit Papa Stahlfaust anlegt. Eh – Herrschaften . . ." Er wandte sich jetzt zum ersten Mal an die Umstehenden – „Habt ihr's vernommen?"

Ein paar nickten; aber laute Antworten gab es nicht. Die Leute hatten – Angst!

Mischa spürte es. Frostige Schauer rieselten auf ihn ein, aus allen Richtungen. Niemand wollte Ärger haben – nicht um diese Zeit, nicht jetzt, ausgerechnet jetzt. Hatte er nicht gerade auch noch so gedacht?

„Wenn mir einer zu nahe kommt", erzählte der Anführer im Plauderton weiter, jetzt seinen Kumpels, „dann hau' ich ihm erst das linke Auge aus, und das rechte laß ich ihm zum Heulen. Dann ist alles klar. Da brauch ich keinen Trainer, der mich anheizt und mir sagt, was Sache ist. Zack! Und los geht's! Und damit hab ich schon mehr Tore geschossen als unser Kalle Rummenigge! He, he!"

„Klasse, Boß! Logo, nicht umsonst heißt du ja Papa Stahlfaust!"

„Ja." Der Anführer nickte gönnerhaft und wischte sich ein Stäubchen von seiner Lederuniform. „Recht haste, Tschock. Das is' ein Ehrenname. Ein Kriegername! So was muß man sich verdienen."

„Und das hast du! Ja! Wirklich! Papa Stahlfaust!"

„Eben, eben!" bestätigte der Große wieder.

Du Großmaul, dachte Mischa verächtlich. Naja. Laß ihn reden. Vielleicht tut's ihm gut.

Das war tatsächlich der Fall. Bloß wurde der Gorilla-Anführer jetzt übermütig. Er drängelte sich durch die Menge, brummte etwas von „müde Latschen . . .", und Mischa wußte mit einem feinen Instinkt – jetzt kam der Terror.

Die Kerle gaben sich nicht damit zufrieden, anzugeben und die Leute einzuschüchtern.

Sicherheitshalber setzte sich Mischa schon einmal in Bewegung. Auch wenn es die anderen vorzogen, wegzusehen und nichts zu hören oder sogar zu sagen – er konnte das nicht. Tief in ihm rastete etwas ein. Ungerechtigkeit brachte ihn in Rekordzeit auf die Palme. Der Zauberstein, den er an einer silbernen Kette um den Hals trug, erwärmte sich leicht. Ein sanftes Pulsieren strahlte davon aus . . .

Da gellte der Schrei!

Eine alte Frau hatte ihn ausgestoßen!

„Los, los, hoch mit dir!" hörte Mischa Papa Stahlfaust brummen. „Du hast dich lange genug hier rumgelümmelt, Omi. Jetzt sind wir Jungen an der Reihe!"

Mischa kam nicht weiter. Der Mann vor ihm – ein schmächtiger, farbloser Bursche mit einem langgezogenen Pferdegesicht – war vor Angst zur Salzsäule erstarrt. Mischa drückte und drängelte und konnte endlich mit eingezogenem Bauch an ihm vorbeischlüpfen. Noch eineinhalb Meter! Du liebe Güte, da konnte noch weiß Gott was passieren!

Aber rufen wollte Mischa nicht. Noch nicht. Er brauchte des Überraschungsmoment auf seiner Seite!

Die Gorilla-Brüder waren ebenfalls aktiv geworden. Von

seinem momentanen Zwangsstandort aus sah Mischa, daß sie eine junge Frau entdeckt hatten. Erst jetzt bemerkte er, daß ihre engen Jeans und das dünne, rote T-Shirt völlig durchnäßt waren; der Regen mußte sie überrascht haben.

„Holla!" brüllte der eine. „Was für 'ne heiße Braut! Eh, Papa Stahlfaust! Komm her, laß das Särgeplündern! Das hier is' doch viel eher was für 'n Kerl von deinem Kaliber."

„Ja, Papa Stahlfaust, komm her, komm her!" pflichtete der zweite begeistert bei.

Stahlfaust mußte herübergespäht haben. „Wau!" tönte er und kehrte zurück.

Mischa sah seinen blonden Haarschopf über den Köpfen der anderen Leute. Jetzt strich eine schmale Hand glättend darüber. Eitel war der Gorilla-Anführer auch noch!

Mischa drängelte weiter. Unwillig brummten die Leute, als er durchwollte. Jemand fluchte. „Der gehört doch zu denen da vorn", zischte ein älterer Herr mit Totalglatze haßerfüllt. „Ich kenn'die Jungen doch – das sind alles Flegel!"

Mischa schluckte hart. So was tat verdammt weh! Aber er kümmerte sich nicht darum.

„Bitte, lassen Sie mich doch durch!" bat er die Menge vor sich.

Der Gorilla-Anführer kam zur Sache. „Na, Baby, so einsam in diesem Schweinestall?" Er sprach jetzt wie John Wayne – als hätte er gleich ein Dutzend Kaugummis in die linke Backe geschoben. „Soll ich dir 'n bißchen die langweilige Fahrt versüßen?"

„Ja, Püppi, das wär doch was?" hechelten die Gorilla-Brüder. „Unser Boß ist Spitze im Versüßen!"

Die junge Frau verdrückte nur mit Müh und Not ihre Tränen. Die Gorilla-Brüder kicherten.

Mischa stellte sich auf die Zehenspitzen, drängelte weiter. Für einen winzigen Moment sah er das Gesicht der jungen Frau wie in Großaufnahme. Die zitternden Wimpern, die geröteten Augen. Die Lippen, die sie eisern aufeinanderpreßte. Wie sie verzweifelt um ihre Beherrschung kämpfte.

Der Große streichelte über ihre blonden Haare.

Angeekelt wandte sie sich ab. Er riß sie lachend herum. Der Schwung wirbelte sie genau in seine ausgebreiteten Arme. Sie stieß einen erstickten Schrei aus. Die Gorilla-Brüder lachten jetzt nicht mehr – sie kreischten und brüllten vor Spaß und klatschten sich auf die Schenkel.

„Das is' besser wie Toreschießen, was, Boß?"

„Viel besser, hä, hä, hä!"

Mischa reichte es. Jetzt bat er nicht mehr darum, durchgelassen zu werden. Er warf sich gegen die Barriere aus Menschenleibern, blieb stecken, kam wieder nicht weiter, steckte wie ein Keil in der trägen, erstarrten Masse fest. Mischa fluchte. Dann nahm er keine Rücksichten mehr. Er mußte durchkommen! Er mußte der Frau helfen! Und Mischa legte los! Er fegte und wischte die Leute zur Seite, schaufelte sie buchstäblich weg. Wie ein Rasender wühlte er sich nach vorn. Noch einen halben Meter! Noch ein paar Zentimeter!

Das Stampfen der S-Bahn schien überlaut zu werden – aber es waren nur Mischas Schläfen, die wie verrückt hämmerten. Die Gemeinheit dieser Kerle schnürte ihm den Hals zu.

„Weg da!" keuchte Mischa und räumte die letzten vor ihm Stehenden beiseite.

Die Gorilla-Brüder bemerkten die hastigen, taumelnden Bewegungen hinter sich und kreiselten jetzt wie von der Natter gebissen herum! Erstaunen zeichnete sich auf ihren Gesichtern ab. Der mit dem Messer schrie etwas.

Und da brach auch schon die Panik aus!

2. Mischa zeigt, wo's lang geht

Der Kerl mit dem Messer schnellte vor!

Mischa war schneller. Wie ein Schemen sauste er an ihm vorbei. Seine rechte Hand fiel auf die Schulter des Großen, der sich nicht um den Aufruhr, sondern immer noch um die blondhaarige Frau kümmerte. Mischas Finger krallten sich in die Lederjacke und das darunterliegende Fleisch. Ein Ruck – und er zerrte den Großen herum.

Der Anführer der Gorillas ließ die Frau endlich los. Sie wich durch die sich ihr öffnende Menge bis zur Tür zurück. In ihren Augen irrlichterte es.

Der Große fand sein Gleichgewicht blitzartig wieder. Noch bevor er richtig hinsah, wer ihn denn da in seiner Tätigkeit gestört hatte, schlug er schon zu! Er legte die ganze Kraft seines muskulösen Körpers in diesen Schlag . . .

Nur – Mischa blieb nicht stehen. Es sah aus, als würde er sich in Luft auflösen. Die Menge ringsum schrie – ein Aufschrei wie aus einem Mund gellte! Wie durch Zauberei stand Mischa plötzlich nicht mehr vor Papa Stahlfaust, sondern neben ihm.

Der Große stürmte ins Leere. Schnaufend fuhr er herum. Seine Augen rotierten so wild, daß Mischa das Weiße darin sehen konnte. Nie hatte der Lederkerl einem wilden Stier ähnlicher gesehen. Sein gutaussehendes Gesicht war krebsrot. Die Blamage schmerzte offenbar mehr als vorhin Mischas Griff.

„Du hast wohl zuviel Kunstdünger im Kaba gehabt, was?“ fauchte Papa Stahlfaust, als er Mischa jetzt anstierte.

„Das brauch’ ich für Kerle wie dich nicht“, erwiderte Mischa lässig. Er ballte die Fäuste, wartete den nächsten Angriff ab.

„Aha, ein ganz Mutiger!“ sagte Stahlfaust mit sichtlich erwachendem Interesse. Mit einem herrischen Wink hielt er seine Gorillas zurück, die sich betont unauffällig von hinten an Mischa herangeschoben hatten.

Irgendwo im Hintergrund glaubte Mischa die Stimme der jungen Frau zu hören: „Helft ihm doch! Warum hilft ihm denn keiner? Ihr Feiglinge!“ Ein Aufschluchzen folgte.

Er achtete nicht darauf – *durfte* nicht darauf achten. Eisern behielt er Stahlfaust im Auge. Bereit, bei der geringsten Bewegung des Kerls zu handeln. Angst hatte er nicht; kein bißchen!

„Ja, gewiß doch, ein ganz mutiger Rächer von Witwen und Waisen . . .", tönte Stahlfaust weiter. Es war pure Ablenkung; ein Manöver, das ihn in Sicherheit wiegen oder, mehr noch, beeindrucken sollte.

„Jedenfalls jemand, der zumindest gegen Großmäuler wie dich allergisch ist", meinte Mischa und lächelte kalt. Was der „Papa" konnte, das konnte er schon lange! Er provozierte den großen Blonden ganz bewußt. Wer außer sich ist vor Wut, der macht Fehler. Und Mischa wollte, daß dieses Früchtchen Fehler machte.

„Da überwindet man sich halt!" fügte er hinzu. Er lächelte noch immer – oder besser: seine Lippen lächelten. Die Augen jedoch blickten eiskalt drein. Eigentlich hätte das Papa Stahlfaust warnen müssen.

Tat es aber nicht.

Stahlfausts Gesicht veränderte sich auf beinahe unnatürliche Art und Weise. Es verzerrte sich, bis es kaum mehr menschenähnlich war. Die Augen schienen aus den Höhlen zu fallen. Auf der Stirn schwoll eine dicke Ader an. Mit einem drohenden Knurren griff er an.

Kein Zweifel, er hatte sich von Mischas schlaksiger Gestalt täuschen lassen. Er begriff nicht, daß hinter diesem eher unscheinbaren Äußeren die sehnige, durchtrainierte Kraft eines ausdauernden Zehnkämpfers steckte. Mit kampfbereit erhobenen Fäusten walzte er heran. Die Leute schrien und wogten zurück. Papa Stahlfaust und Mischa bewegten sich in einem Kreis dunkler Gestalten. Aus den Augenwinkeln sah Mischa die bleichen Gesichter. Draußen war das Schleifen der bremsenden S-Bahnräder zu hören. Gleich mußte die nächste Haltestelle erreicht sein.

Das zuckte noch durch Mischas Verstand – dann war da

nur noch Platz für den Kampf gegen Papa Stahlfaust. Seine geballte Rechte wurde riesengroß – aber das war nur Einbildung, wußte Mischa. Weil sie so irrsinnig schnell heranpfiff.

Mischa dachte nicht daran, sich verprügeln zu lassen. Mühelos und geschmeidig duckte er sich unter dem Fausthieb weg. Der eisige Luftzug, den er über sich spürte, sprach Bände. Aber Stahlfaust haute nur ein Loch in die stickige Luft des Abteils.

Anmutig tänzelte Mischa zurück. Keuchend folgte Stahlfaust. Ihm machte das Rucken und Schaukeln der S-Bahn zu schaffen; sein Gleichgewichtssinn war nicht so ausgeprägt wie der von Mischa. Trotzdem war er entschlossen, seinen Gegner nicht mehr zur Ruhe kommen zu lassen. Stahlfaust zog sich die rutschende Lederhose hoch und griff wieder an. Und wieder rannte er ins Leere. Die Leute kreischten panisch, als er auf sie zutorkelte. Er fuhr herum. Suchte Mischa. Der stand bereits wieder hinter ihm. Stahlfaust ruckte auf den Absätzen seiner schwarzen Cowboy-Stiefel herum und grabschte nach Mischa. Auch das ging in die Hose. Mischa war nicht festzunageln – genausowenig, wie man einen Tornado festnageln konnte. Der schlaksige Junge war zu schnell und wendig für den „Papa". Das begriff der auch – wollte es aber nicht wahrhaben. Also schlug er wieder zu. Seine Fäuste wirbelten wie Dreschflegel. Jetzt vertraute er auf Zufallstreffer. Auch vergebens. Stahlfaust löcherte nur die Luft – und erschöpfte sich mit einer grausamen Perfektion selbst.

Es war wie ein Tanz! Die beiden Gegner belauerten sich, bewegten sich leicht vornübergeduckt, die Fäuste erhoben, im Kreis der stummen Zuschauer herum, verfielen ab und zu in blitzartiges Zustoßen und Zurückzucken und tänzelten weiter. Bloß Stahlfausts immer schwerfälliger werdenden Schläge und Angriffsschritte paßten irgendwann nicht mehr so richtig zu diesem anfänglichen Eindruck. Und dann war bei ihm die Luft vollends raus: Er tappte nur noch wie ein plumper Tanzbär herum. Seine Augen waren blutunterlaufen, sein Gesicht gerötet; und das bestimmt nicht nur vor Anstrengung, sondern viel mehr noch vor Scham und Erniedrigung. Sein Mund klappte auf und zu – jetzt war der „Papa" kein wilder Stier mehr. Jetzt war er nur noch ein bedauernswerter kleiner Fisch, der auf dem Trockenen lag und verzweifelt nach Luft schnappte.

Mischa hätte ihn jetzt mit einem einzigen wuchtigen Fausthieb zu Boden schicken können. Aber er tat es nicht. Es war gegen seine Prinzipien, einen bereits besiegten Gegner auch noch fertigzumachen.

Riesenklappe und nichts dahinter, dachte er. Und laut sagte er: „Allein mit Muskeln und Klappe geht's halt doch nicht. Kapier das mal, *Papa*. Und damit ist die Schau vorbei, klar!!"

Ja, Mischa war der Sieger in diesem Kampf – und das, obwohl er kein einziges Mal zugeschlagen hatte.

Papa blieb mit hängenden Schultern stehen. Seine Kumpane waren fassungslos. Sie wußten nicht, wohin sie zuerst glotzen sollten: auf ihren „Boß" oder auf Mischa.

Den umstehenden Gaffern erging es kaum besser. Sekundenlang herrschte die atemlose Stille weiterhin, dann lachte jemand. Eine zweite Stimme fiel ein. Schließlich ein Dutzend andere. Jemand klopfte Mischa anerkennend auf die Schultern. Bewunderndes Gemurmel erklang. Die beiden schwarzhaarigen Mädchen vor ihm himmelten ihn geradezu an. Mischa wurde vor lauter Verlegenheit rot bis in die Haarspitzen. Aber Hauptsache war für ihn: der Bann war gebrochen. Das Auflachen befreite die Leute von ihrer Einschüchterung, von ihrer Angst . . .

Aber es weckte auch ihren Zorn. Den Zorn auf Stahlfaust und seine Kumpane; und den Zorn auf sich selbst, weil sie sich von diesen Kerlen dermaßen hatten beeindrucken lassen.

Diese Wut mußte raus!

Mischa blieb das erleichterte Aufatmen buchstäblich im Hals stecken. Erste wütende Rufe wurden jetzt laut. Der Hüne mit der Meckifrisur schob sich durch die Menge, und es war klar, daß er dem ehemaligen Horror-Trio nicht nur freundlich guten Tag sagen wollte.

Mischa witterte neuen Ärger. Sein Magen krampfte sich zusammen.

Den Ärger witterten die Maulhelden auch. Stahlfaust war totenbleich. Seine beiden Untergebenen nahmen ihn schützend in ihre Mitte. Der mit dem Messer leckte sich nervös über die Lippen und tänzelte von einem Fuß auf den anderen.

„Keine Dummheiten, Leute", zischelte er, bösartig wie eine Klapperschlange kurz vor dem Angriff.

Das geringste Anzeichen von drohender Gefahr würde genügen, und er lief rücksichtslos Amok – er würde mit dem Messer um sich stechen, blindlings. Das war genau der Typ dazu. In diesem Menschengedränge konnte das fürchterliche Folgen haben! Mischa dachte an die Kinder in der S-Bahn; und an die alten Leute.

Jetzt bekam er es doch mit der Angst zu tun. Es war, als würden ihm ein paar Knochenfinger über den Rücken kratzen.

Schützend stellte er sich vor die drei Ledertypen. „Aufhören!" sagte er mit schneidender Stimme und funkelte die umstehenden Menschen an. „Wir sind hier doch nicht im Wilden Westen! Hier gibt's keine Lynchjustiz! Die drei werden keinen Ärger mehr machen!"

Der Hüne mit der Meckifrisur versuchte Mischa mit seinen Blicken zu erdolchen. Es klappte nicht. Deshalb wollte er mit irgendeiner Gemeinheit nachhelfen und öffnete den Mund . . .

Da hielt die S-Bahn. Ein ganzes Himalaya-Felsmassiv polterte von Mischas Herzen. Das Rucken der S-Bahn übertrug sich auf die Menge: Körper stießen gegeneinander, Murmeln wurde laut, der Geruch von Hektik und Schweiß steigerte sich. Die Türen glitten auf, und das Drängeln begann von Neuem. Das rettete die drei vor einer saftigen Abreibung. Die Leute vergaßen ihre Rachepläne; jetzt wollten sie alle nur noch raus aus dem Abteil, denn die meisten hatten Anschluß zu den stadtauswärts fahrenden Nahverkehrszügen. Mischa wurde ebenfalls mitgerissen, als er noch schnell nach der verzweifelten jungen Frau Ausschau hielt.

Sie war verschwunden – untergetaucht in der drängenden, stoßenden, wimmelnden Menschenmasse.

Mit einem bedauernden Schulterzucken ließ sich Mischa mittreiben – Richtung Tür. Er blickte nicht zurück. Es interessierte ihn nicht, ob Papa Stahlfaust und seine Gorillas kamen oder zurückblieben. Die würden so schnell nicht mehr stänkern; der Schneid war ihnen ganz schön in die ledernen Hosen gerutscht, und dort würde er auch bleiben. Wenigstens in nächster Zeit.

Für Mischa war die Sache erledigt. Als er an der Tür ankam, dachte auch er schon nicht mehr an den kurzen, heftigen Zweikampf, sondern nur noch an seine Einkaufsaktion.

Er mußte sich sputen!

Trotzdem ließ er der alten, ganz in Schwarz gekleideten Dame mit dem riesengroßen, gelben Regenschirm den Vortritt. Sie bedankte sich nicht einmal, sondern stolzierte an ihm vorbei und hinaus; ihre behandschuhte linke Hand tätschelte sorgsam über die hochaufgetürmte graue Lockenfrisur. Mischa lächelte freudlos. So war das eben: gerade noch ein kleiner Held, jetzt schon wieder vom Alltag eingeholt. Na, es sollte ihm recht sein. Für sein Eingreifen vorhin hatte er sowieso keinen Dank erwartet. Das war für ihn ganz einfach selbstverständlich gewesen.

Die Hektik saugte ihn hinaus. Mit einem eleganten Sprung wollte Mischa das Abteil verlassen.

Da geschah es!

Ein heimtückischer Schlag traf ihn in den Rücken, genau

zwischen die Schulterblätter! Und das mit der vernichtenden Wucht einer Dampframme. Mischa hatte das Gefühl, plötzlich Flügel bekommen zu haben. Mit ausgebreiteten Armen flog er nach vorn und aus der S-Bahn hinaus. Draußen prallte er gegen zwei Männer und die in Schwarz gekleidete Frau. Die Männer riß er mit sich zu Boden. Der Aufschlag war hart: Mischa fiel stockvoll auf die Knie! Lodernde Schmerzen fauchten in ihm hoch. Fluchend rappelte er sich auf und war – noch bevor er an sich selbst dachte – den beiden Männern behilflich. Die Frau hatte er nicht beachtet. Sie war nach rechts getorkelt – aber glücklicherweise wenigstens nicht gestürzt. Dafür kreischte sie hysterisch.

„Überfall!" tobte sie mit einer Stimme, die das Geräuschchaos auf dem S-Bahnsteig mühelos übertönte. „Hilfe! Man will mich berauben! Hilfe!" Gleichzeitig schwenkte sie ihren großen, gelben Schirm und schlug zu – eine verwegene Rachegöttin in Schwarz, die ihre vornehme Geringschätzung der Umgebung sowie ihr Alter total vergessen hatte.

Mischa entschuldigte sich gerade bei den beiden Männern. Der hinterhältige neuerliche Angriff traf ihn deshalb völlig unvorbereitet. Der Schirm knallte in seinen Nacken. Der zweite Hieb traf seinen Hinterkopf.

Den dritten Schlag fing Mischa mit dem hochgerissenen Unterarm ab. Er wirbelte herum. „Ich bin gestoßen worden!" herrschte er die Tobende an.

„Diebsgesindel! Ich kenn euch! Meine Tasche wolltest du! Meine Tasche!" schrillte die Frau und schwenkte nun auch noch ihre Handtasche.

„Ich hab's gesehen . . . Er ist wirklich geschubst worden!" warf eine andere Frau ein.

In der Ferne wurden durchdringende Pfiffe laut. Die Bahnpolizei kam.

Mischa beachtete den Auflauf um sich herum nicht mehr, sondern hielt jetzt endlich kampfbereit nach den drei Kerlen Ausschau, denen er seinen Sturzflug verdankte. Diese heimtückischen Geier! Einen ehrlichen Kampf standen sie nicht durch, aber von hinten waren sie stark! Er ärgerte sich grün und blau über ihre Heimtücke und – über seine Gutmütigkeit. Er hätte sie doch am Schlawittchen schnappen und der Bahnpolizei übergeben sollen. Jetzt war es natürlich zu spät – Papa Stahlfaust und seine Gorillas waren verschwunden; logo.

Mischa rieb sich kurz über die schmerzenden Knie. Wenigstens seine Jeans waren nicht in Mitleidenschaft gezogen. Das hätte noch gefehlt; er hatte sie erst vor ein paar Tagen von seiner Mutter geschenkt bekommen. Von ihrer ersten Gage in der neuen Stadt.

Ringsum war lautes Debattieren im Gange. Alle redeten durcheinander, und natürlich hatte jeder etwas anderes gesehen. Ein glatzköpfiger Herr bestand darauf, daß Mischa ein eiskalter Langfinger war. „Der sieht doch schon so aus – mit seinen langen Gammlerhaaren!" ließ er seine hitzige Begründung hören.

Eine junge Frau verteidigte Mischa. Die beiden schwarzhaarigen Mädchen waren durch den Tumult zurückgelockt worden und ergriffen jetzt ebenfalls für Mischa Partei.

Und die beiden Bahnpolizisten kamen im Laufschritt näher.

Die S-Bahn zog mit lautem Summen an und verschwand im dunkel gähnenden Tunnel.

Mischa sah ihr kurz hinterher und dachte an den Einkaufszettel in der Gesäßtasche seiner Jeans.

Das gab den Ausschlag.

Niemand beachtete ihn. Und so folgte Mischa ausnahmsweise Papa Stahlfausts Beispiel. Er hatte einfach keine Zeit, jetzt auch noch die Fragen der Beamten zu beantworten. Er zischte ab!

★

Er ahnte nicht, daß er aus dem Unsichtbaren heraus beobachtet wurde – schon die ganze Zeit. Nicht von Papa Stahlfaust oder seinen Schlägerkumpanen, sondern von mächtigen, unfaßbar fremden Wesenheiten, die nur auf eine günstige Gelegenheit lauerten, ihn wieder auf die Zauberwelt Camelon zurückzuholen . . .

Und diese Gelegenheit würde kommen; sehr, sehr bald.

3. Der Griff aus dem Nichts

Brütende Hitze und seichte Schlagermusik fluteten Mischa entgegen, als er den Kaufmarkt betrat. Der Hot-dog-Stand rechts neben dem Eingang des vierstöckigen Betonklotzes steuerte einen Übelkeit erzeugenden Schwall Bratenduft bei.

Mischa rümpfte die Nase, sah sich wieder in einer Brandung aus Menschenleibern, Stimmen, Geräuschen, Gerüchen und Farben gefangen und erreichte die Rolltreppe, die ins Untergeschoß führte, in die Lebensmittelabteilung. Hier war es kühler, trotz der vielen Menschen. Mischa schnappte sich einen Einkaufswagen, angelte den Notizzettel aus der Gesäßtasche und orientierte sich erstmal. Dann legte er los. Was tut man nicht alles für hungrige Eltern? Spaghetti Carbonara sollte es heute abend geben. Dazu einen Riesenteller Salat für jeden. Und als Nachtisch stand Eis auf dem Programm. Mischa flitzte von den Kühltruhen zur Fleischtheke. Die rundlichen Damen, die dort bedienten, schienen ausnahmslos einem Hitzschlag nahe, doch sie waren freundlich. Endlich mal jemand! Mischa strahlte. Ein freundliches Gesicht hob die Stimmung gleich um fünfhundert Prozent an!

Er dachte kurz an seinen Vater. Der war heute auf Stellensuche; so nannte er den Vorsprech-Termin bei der Werbeagentur, die ihn heute morgen angerufen hatte. Er hoffte, eine kleine Rolle in einem Werbespot zu bekommen . . . Eine neue Dosennahrung für Katzen. Na, auch wenn ein sol-

cher Job für einen ernsthaften und sehr talentierten Schauspieler nicht das Gelbe vom Ei war – Mischa drückte seinem Vater jedenfalls sämtliche Daumen. Er fand es toll, daß er sich nicht einfach in sein Schicksal als arbeitsloser Charakterdarsteller ergab und nur noch daheim rumlungerte, sich in Selbstmitleid erging und ansonsten seine schlechte Laune an Frau und Sohnemann ausließ. Nein, zu der Sorte Menschen gehörte Ken Berger nicht. Er hatte sich sogar schon überlegt, ob er seinen Künstlernamen „Ken“ in „Mike“ abändern sollte – alles der hehren Kunst zuliebe.

„Vielleicht gefällt denen nicht meine Nase nicht – sondern mein Künstlername . . .“, hatte er halblaut sinniert.

Unwillkürlich mußte Mischa lächeln; sein Vater war schon in Ordnung.

Dieses Mal ließ sich Mischa in aller Gemütsruhe von der Rolltreppe ins Erdgeschoß des großen Kaufhauses hochrattern. Die prallgefüllte Plastiktüte schleppte er mit links. Für die blaßgesichtig hetzenden anderen Passanten hatte er jetzt nur noch ein mitleidiges Lächeln und Bedauern übrig. *Er* hatte seinen Wettlauf hinter sich – und gewonnen. Gott sei Dank.

Er schlenderte durchs Gewühl, blieb kurz am Zeitungskiosk stehen, kam aber nicht an die Auslagen heran, um in der neuesten Ausgabe der Rockgazette *Let's fetz!* blättern zu können, und beschloß deshalb, noch schnell seiner anderen heißen Liebe zu frönen: den Büchern. Die Buchabteilung war im dritten Stock untergebracht. Die Zeit reichte gerade noch. Ein paar Minuten . . .

Er schwebte auf der Rolltreppe hoch, und da spürte er das kribbelnde Jucken auf seiner Kopfhaut. Dort oben . . . War das nicht die verzweifelte junge Frau aus der S-Bahn? Er preßte die Augen zu sichelschmalen Schlitzen zusammen, um besser sehen zu können. Natürlich! Die langen, blonden Haare . . . Er reckte den Hals, spähte am dürren Gestell eines Zwei-Meter-Mannes und dem fülligeren einer in lässige

Sackhosen gekleideten Dame vorbei . . .

Natürlich war sie das!

Aber irgend etwas stimmte nicht mit ihr!

Noch weniger als in der S-Bahn!

Wie eine Traumwandlerin bewegte sie sich inmitten der Menschen. Sie beachtete niemanden, und niemand beachtete sie. Wie ein Lufthauch aus einer anderen Welt glitt sie an den Menschen vorbei. Niemand wurde auf sie aufmerksam. Niemand fühlte sich durch ihr Vorbeidrängen gestört. Noch sonderbarer: ihr Vorbeigehen, ihre Berührung schien überhaupt niemand wahrzunehmen.

Mischa spürte, wie er heftig zusammenzuckte. Wie ein Geist, dachte er.

Er hatte sich gefreut, sie wiederzusehen. Vielleicht, weil er die ganze Zeit über Angst gehabt hatte, daß sie sich vor lauter Verzweiflung etwas antat. Die Einsamkeit in den großen Städten, wo sich ja nicht einmal mehr die Nachbarn richtig kannten, hatte schon oft zu Tragödien geführt. Mischa wußte gar nicht mehr, wie oft er etwas darüber in der Zeitung gelesen hatte.

Und jetzt das!

Jetzt konnte er sich nicht mehr freuen . . . Gut, sie lebte. Aber wie sie lebte . . . Jäh verspürte er noch mehr Angst und Sorge um sie. Und dazuhin breitete sich das Gefühl einer dumpfen Hilflosigkeit in ihm aus. Er würde ihr nicht helfen können . . .

„Das wollen wir doch mal sehen", brummte er, sich selbst zum Trotz.

Jetzt erreichte sie das Ende der Rolltreppe – und verschwand aus Mischas Blickfeld. Aber das hatte nichts zu bedeuten. In ein paar Sekunden würde auch er oben ankommen.

Mischa fröstelte. In den letzten neun Tagen, seit seiner überraschenden Rückkehr von der Zauberwelt Camelon, hatte er fast ununterbrochen über unerklärliche Dinge nachgegrübelt. So sehr, daß er nachts schon nicht mehr hatte schlafen können. Und tagsüber dann den Tribut an die Müdigkeit, an die bleischwere Erschöpfung hatte bezahlen müssen. Mehr als einmal war er in der Schule eingeschlafen. Einmal sogar mitten in der Mathe-Arbeit.

Nichts gegen Abenteuer – aber heute hatte er sich jedenfalls fest vorgenommen, einmal NICHT an Camelon zu denken . . . und auch nicht an Knorrzilla Wurzelfuß, den Lebenden Baum; an Rajd, den Verspielten König von Kuur; an Thay-Lee, die Anführerin der ehrenwerten jugendlichen Diebe; auch nicht an El Botzo, den boshaften und lästermäuligen Kobold. – Und vor allem nicht an die verbrecherischen und unheimlichen Meister der Lüge!

Sogar den Zauberstein, den er seit den Ereignissen auf Camelon Tag und Nacht an der Silberkette um den Hals trug, hatte er heute einmal einfach nicht beachten wollen. Es war der verzweifelte Versuch gewesen, wenigstens so zu tun, als sei alles beim Alten. Als sei alles wieder genau so, wie vor eineinhalb Wochen, als er den Zauberstein noch nicht besessen hatte – als er noch nicht von der Erde weg und auf magische Weise nach Camelon verschlagen worden war.

Dieses haarsträubende Abenteuer hatte sein ganzes bisheriges Leben umgekrempelt! Er hatte Dinge erlebt und Wesen gesehen, die es eigentlich gar nicht geben durfte. Jedenfalls nicht nach Meinung irdischer Gelehrter. Ach was, berichtigte er sich, nach Meinung aller auf der Erde lebender Menschen. Denn: wer würde hier schon glauben, daß da irgendwo eine Welt namens Camelon existierte, auf der die Magie etwas völlig Natürliches war; auf der es Zauberer, Dämonen, Hexen und Elfen, sprechende Blumen und Tiere und überhaupt die phantastischsten Lebewesen gab? Wandernde Bäume, zum Beispiel. Und gefährliche Astratten, die sich an dünnen Tentakeln von Baum zu Baum schwangen. Und Wesen wie Tschool den Berg, das Lenker-Gehirn der Astratten. Und Giganten wie Schakka, den Engel der Finsternis. Er hätte diese Liste beliebig lang fortsetzen können, aber er verbannte die Gedanken daran aus seinem Kopf. Bisher war er seinem heutigen Vorsatz treu geblieben – und so sollte es auch bleiben. Nur an diesem einen Tag. Nur heute.

Morgen konnte er dann ja wieder versuchen, irgendeine Antwort, irgendeine Erklärung zu finden. Eine Erklärung für Camelon im Allgemeinen und für den Zauberstein im Besonderen. Und dafür, weshalb ausgerechnet er diesen Zauberstein bekommen hatte. Weshalb ausgerechnet er von der Erde nach Camelon geholt – und dann scheinbar willkürlich nach seinem mörderischen Kampf gegen den Engel der Finsternis wieder auf die Erde zurückversetzt worden war. Als sei nichts, überhaupt nichts, gewesen. Als sei alles nur ein aufregender Traum gewesen . . .

Aber es war kein Traum.

Es war Wirklichkeit – das zumindest wußte Mischa. Der Zauberstein war der beste Beweis dafür. Er war nicht verschwunden gewesen, als er aufgewacht war.

Und jetzt war diese junge Frau aufgetaucht.

Sie hatte etwas in Gang gesetzt. Etwas, das mit Magie und Zauberdingen zu tun hatte. Und mit Camelon! Mit einem feinen, ihm selbst unerklärlichen Instinkt wußte Mischa das mit einem Mal.

Er würde seinem Vorsatz nicht mehr treu bleiben können. Auch das wußte er. Und so konnte es Mischa kaum mehr erwarten, bis er oben von der Rolltreppe springen konnte. Keine drei Sekunden später tat er das. Dritter Stock. Buchabteilung, Kitsch und Kunst und Hi-Fi/Stereo.

Aber die geheimnisvolle Frau war nirgends zu entdecken, so sehr Mischa auch nach ihr Ausschau hielt. Verflixt! Er schüttelte ungläubig den Kopf. Das gab's doch nicht! Sie hatte höchstens zehn, elf Sekunden Vorsprung. Er schritt an den langen Regalreihen vorbei, und die Unruhe, die er vorhin bei der jungen Frau zu spüren geglaubt hatte, befiel ihn jetzt selbst. Wie grausamer Frost biß sie wie mit tausend spitzen Zähnen in seine Haut.

Nachdem er sich vergewissert hatte, daß die junge Frau zumindest im dritten Stock nirgends zu finden war, fuhr Mischa in den vierten hinauf. Schon auf halbem Weg nach oben veränderte sich alles . . . Der wogende Lärm blieb hinter ihm zurück. Durch große, trübe Milchglasfenster in der Decke fiel spärliche natürliche Helligkeit und lieferte dem elektrischen, kalten Licht einen lächerlichen Konkurrenzkampf.

Hier oben war nur eine einzige Abteilung untergebracht – Teppiche, Gardinen und Raumausstattung.

Im rechten Flügel der Abteilung war eine gewaltige Orientteppich-Verkaufsausstellung eröffnet worden. Die auffälligen Hinweisschilder auf diese Besonderheit hatte Mischa im ganzen Kaufmarkt verteilt stehen oder von der Decke hängen sehen.

Abadeh-Perser, wurde darauf verkündet, *sehr fein – nur 3380,– DM. Tibet-Teppiche, 3 × 4 Meter – nur 3290,– DM. Einzelne Stücke bis zu 50 % reduziert. Auch alte Stücke – wie Saruk, Ferahan, Keschan, Täbris, Bidjar – sowie ältere und neuere Teppiche, Brücken und Läufer aus Persien! – Massenweise Sonderpreise, die Sie und Ihren Geldbeutel erfreuen werden!*

Großes Kaufinteresse herrschte momentan trotzdem nicht mehr vor – als Mischa von der Rolltreppe stieg, war die gesamte Teppichetage wie ausgestorben. Er sah weder Verkäufer noch Kunden – und erst recht nicht die junge Frau.

Seltsam . . . Mischa hatte das über seine Nerven kitzelnde Gefühl, in eine andere Welt hinübergetreten zu sein. Nach dem Gedudel der Schlagermusik in den anderen Abteilungen, nach dem allgegenwärtigen Murmeln und Schwatzen, war die Stille hier oben eine Wohltat. Mischa schlenderte zögernd weiter. Die Hoffnung, die junge Frau doch noch zu finden, hatte er mittlerweile beinahe aufgegeben. So geheimnisvoll, wie sie vorhin aufgetaucht war, war sie wieder verschwunden . . . Ein Zeichen? Ein Hinweis für ihn? Er zuckte die Schultern.

Er hätte genausogut umkehren und wieder nach unten fahren können. Dennoch tat er das nicht. Was für ein seltsamer Duft hier in der Luft hing . . .

Mischa schnupperte und schlenderte an den hoch aufgestapelten Orient-Teppichen vorbei, bog ab in einen Seitentrakt, der in dunklere Bereiche führte. Dort hinten waren mehrere Leuchtröhren ausgefallen oder zu flackerndem Halbleben erloschen. Hin und wieder blieb Mischa stehen, besah sich dieses oder jenes Stück genauer, bestaunte die Schönheit der Teppiche und ging abermals weiter. Alle Geräusche waren in weite, in sehr weite Ferne gerückt.

Längst war es Viertel nach sechs – längst wurden unten die letzten unverzagten Einkäufer über Lautsprecher aufgefordert, nunmehr die Kassen aufzusuchen, zu bezahlen und den Kaufmarkt zu verlassen, da in den nächsten Minuten geschlossen werde.

Mischa bekam nichts davon mit. Selbst das Denken fiel ihm schwer. Die zauberische Atmosphäre, die hier oben herrschte, nahm ihn buchstäblich gefangen. Sie umhüllte ihn mit zarten, weichen Fingern, streichelte ihn – und beherrschte ihn mehr und mehr. Es war, als geleiteten ihn unsichtbare Wesenheiten – zu einem fernen, unbekannten Ziel.

Mischa folgte ihnen willig.

★

Das elektrische Licht aus den vorderen Bereichen des Stockwerks schien nur widerwillig hierher zu tasten. Es war Mischa gleichgültig; er fand seinen Weg auch so. Ab und zu stieß die vollgestopfte Einkaufstüte, die er in der linken Hand hielt, irgendwo an. Er achtete nicht darauf. Etwas in seinem Innern spannte sich mehr und mehr an – ein dürftiges Zeichen einer Vorahnung?

Vor sich, im Dämmerlicht der Schlucht zwischen den beiden Teppichstapeln, glaubte er eine huschende Bewegung zu sehen . . .

Die Frau?

Mischa sah genauer hin, doch da war nichts . . . Nur kleine Staubteilchen tanzten und wirbelten im Zwielicht.

Die Stille dauerte an, und die Zeit verging. Irgendwann hatte Mischa jedes Gefühl dafür verloren. Es kam ihm so vor, als würde er bereits seit Ewigkeiten in diesem düsteren Labyrinth herumgeistern – selbst kaum mehr als ein körper- und wesenloser Schemen; ein Schatten unter Schatten, gefangen im dumpfen Schweigen zwischen den Teppichmauern.

Irgendwann trat Mischa staunend in eine kleine „Lichtung" inmitten der hoch, hoch aufragenden Stapel hinaus. Zaghafte Lichtstreifen malten bizarre Muster auf die hohen, weichen Wände und den Boden. Auch hier kreisten träge Staubteilchen in der Luft. Eigenartigerweise schienen sie Mischa eine überaus friedliche Stimmung zu signalisieren: wer immer sie aufgewirbelt hatte – es mußte schon vor längerer Zeit geschehen sein.

Unwillkürlich trat Mischa behutsamer auf; er fürchtete, den Frieden dieser freien Fläche, dieser Lichtung, zu stören und *irgend etwas* zu wecken. Selbst sein Atem kam ihm unnatürlich laut vor, und das Hämmern seines Herzens erinnerte ihn an wummernde Hammerschläge. Die Teppichbarrieren ringsum verschluckten jeden auch noch so geringen Laut; saugten ihn buchstäblich auf.

Ein seltsames Kribbeln breitete sich in Mischas Magen aus, je weiter er in die Lichtung hineintrat und das samtige Dunkel des Labyrinthganges hinter sich zurückließ. In einer unbewußten Geste zerrte Mischa die Silberkette mit dem Zauberstein aus dem Kragen seines Sweatshirts hervor. Jetzt ruhte das marsrot funkelnde Juwel offen auf seiner Brust. Behutsam, wie schützend, umschloß er es mit der Hand, doch die roten Strahlen durchdrangen sie mühelos und zeichneten sanfte Streifen ins Dämmerlicht. Wieder, wie vorhin in der S-Bahn, glaubte Mischa spüren zu können, daß sich der bisher tote und kalte Stein zu einer warmen, sanft pulsierenden Lebendigkeit veränderte . . .

Er wunderte sich nicht einmal darüber.

Camelon – es *mußte* mit der phantastischen Zauberwelt zusammenhängen. Eine andere Erklärung gab es nicht.

Und in seinen Gehirnwindungen hallte es nach: Camelon . . . Camelon . . . Camelon . . . Und die Schatten in den Ecken der Teppichanhäufungen nahmen das Wort auf und raunten ebenfalls: Camelon . . . Camelon . . .

Die Luft knisterte wie elektrisch aufgeladen – wie vor einem gewaltigen, die Atmosphäre reinigenden Gewitter.

Mischa ging weiter; langsam; Schritt für Schritt. Seltsam entrückt wußte er, daß es wieder begann . . . wie damals, in jener Regennacht, auf dem riesengroßen Abbruchgrundstück, vor neun Tagen. Es waren dieselben Anzeichen. Dieselbe geheimnisvolle und zauberische Aura herrschte. Und er war von der gleichen seltsamen Benommenheit erfüllt . . .

Er war in zeitlosen Ewigkeiten gefangen – und zugleich behütet. Die Zeit hatte keine Macht mehr über ihn. *SIE* würden ihn nach Camelon holen . . . weg von der Erde . . .

Nach Camelon . . ., hörte er es in sich nachhallen.

Er wußte nicht, weshalb er noch weiterging, und doch tat er einen Schritt um den anderen mit traumwandlerischer Sicherheit. Es war, als würden ihn unsichtbare Schnüre direkt auf den niederen Teppichstapel in der Mitte des Lichtungs-Gevierts zuziehen.

Irgend jemand oder -etwas wollte, daß er genau dorthin kam.

Neugier erfüllte Mischa, Neugier auf das Kommende; es war ein sprudelndes, schäumendes Gefühl, das zu mächtigen Brandungswellen anstieg. Er würde wieder nach Camelon geholt werden – auf jene Welt voller Wunder und Abenteuer und tödlicher Gefahren. Es würde geschehen.

Jetzt wußte er das ganz sicher.

Er war der Träger des Zaubersteins . . . und er hatte bewiesen, daß er das zu Recht war.

Er war der wahre Erbe der Macht.

Auch wenn er nichts anderes wußte – das wußte er mit Bestimmtheit. Es war wenig genug; eigentlich viel zu wenig. Aber er würde schließlich erfahren, was es mit diesem Titel auf sich hatte, genauso, wie er erfahren würde, was es mit dem Zauberstein auf sich hatte. Er würde seinen Weg gehen und die Wahrheit herausfinden.

Und – er würde diesen Weg trotz seiner dämonischen Widersacher, den Meistern der Lüge, gehen! Sollten sie sich ruhig auf den Kopf stellen, die wahren Herrscher auf der Zauberwelt Camelon. Die grauen Herrschaften, die sich stets im Hintergrund hielten und nur ihre Schergen oder Sklaven vorschickten. Jene Unheimlichen, die noch von keinem lebenden Wesen gesehen worden waren – und die doch überall mitmischten; die alles wußten, die alles erfuhren, was auf Camelon geschah. Und – die den Zauberstein um jeden Preis in ihren Besitz bringen wollten.

Wissen . . . Er mußte Wissen sammeln, das bedeutete es. Er mußte die Geheimnisse um den Zauberstein lösen, eins nach dem anderen. Dann würde die Fährte auch geradewegs zu den Meistern der Lüge führen.

Die erste Alte Prophezeiung hatte sich das letztemal bereits erfüllt, nachdem er und seine camelonischen Freunde Thay-Lee, Rajd und El Botzo zusammengefunden hatten. Die vier, die so unterschiedlich waren, daß sie Freunde sein *mußten*, hatten sich gefunden.

Und dann, Zarocks geheimnisvoller Hinweis auf das Tal der Geisternebel: „Das Tal der Geisternebel . . . Nur dort wird das Mysterium der Bestimmung gelüftet werden . . . Nur dort . . .“, hatte er gesagt. Und mit Mysterium der Bestimmung war doch zweifelsohne dasjenige um den Zauberstein gemeint. Oder das seiner, Mischas, Bestimmung?

Egal. Für Mischa hatte es jedenfalls kein Halten gegeben. Nach dem Sieg über den Engel der Finsternis war er zusammen mit seinen drei Freunden aufgebrochen, dieses geheimnisumwitterte Tal zu finden. Sie hatten Kuur verlassen und bald darauf – gezwungenermaßen – Halt gemacht. Eine unerklärliche Müdigkeit hatte sie befallen. In einer kleinen Oase hatten sie sich niedergelegt und waren ohne ein weiteres Wort in tiefen Schlaf gesunken.

Aufgewacht war Mischa nicht mehr in der Oase – sondern zu Hause, wieder auf der Erde. Zu Hause – bei seinen Eltern. In seinem Bett. In seinem Zimmer. Und damit waren alle Pläne, das Tal der Geisternebel zu finden, das Geheimnis zu lüften, zunichte gemacht gewesen!

Und jetzt – jetzt traten die geheimnisvollen Mächte Camelons wieder auf den Plan. Der Ruf nach Camelon war schon erfolgt – und er würde kommen.

Er würde das Tal der Geisternebel suchen – und finden.

Mischa wußte es, wußte es trotz – oder gerade wegen – seiner eigenartigen Benommenheit. Er schüttelte sich leicht, nachdem all diese Gedanken mit der Wucht einer ungemein lebendigen Vision durch seinen Verstand gefaucht waren.

Er hatte den niederen Teppichstapel erreicht – schon lange. Schon eine ganze Weile stand er davor, in Gedanken versunken, und starrte darauf hinunter. Jetzt setzte er die Plastiktüte mit seinem Einkauf ab. Er legte den Walkman und den Kopfhörer daneben. Er streifte seine Armbanduhr vom Handgelenk und plazierte auch sie neben der Tüte. Er war ganz ruhig – der sanfte Frieden dieses Gevierts inmitten der hohen Teppichstapel erfüllte ihn.

Mischa drehte sich im Kreis, wollte sich ein letztes Mal umsehen und Abschied nehmen. Die Düsternis schien wie von schwarzer Tinte dunkler gefärbt zu werden. Die übermannshohen Teppichstapel schienen näher heranzurücken.

Plötzlich kam sich Mischa beobachtet vor – und zwar von kalten, grausamen Augen. Er zuckte zusammen und lauschte und starrte mit angespannten Sinnen in die Dunkelheit. Dieses Gefühl paßte nicht mehr zu dem Frieden dieses Ortes!

Der sanfte Zauberbann wich – machte etwas Frostigem, brutal Zugreifendem Platz! Die Wirklichkeit wurde wieder stärker . . .

Und da hörte Mischa die Schritte! Außerhalb des Labyrinths aus Teppichstapeln!

Ein Eissplitter schien in sein Herz zu fahren! Er fror und schwitzte gleichzeitig, und seine Nackenhärchen richteten sich auf. Der Ruf nach Camelon war erfolgt – und er wollte ihm Folge leisten! Er MUSSTE ihm Folge leisten – so unendlich viel hing davon ab.

Aber zuerst mußte er wissen, wer da kam.

Mischa huschte lautlos zu den Teppichbarrieren hinüber, kletterte geschmeidig daran hoch, legte sich auf den Bauch und robbte darüber.

„Ich habe mich nicht getäuscht!" brummte gerade eine unwillige Männerstimme. „Ich habe den Burschen ganz deutlich auf meinem Bildschirm gehabt. Die Überwachungskamera hat ihn aufgenommen. Er *muß* hier irgendwo stecken."

„Vielleicht ist er längst nach unten abgezischt, Robert", warf eine zweite Männerstimme ein. „Oder glaubst du wirklich, daß es sich dieser einzelne junge Kerl in den Kopf gesetzt hat, die Teppichberge hier solo abzuräumen? Komm, komm . . ."

Die Schritte näherten sich. Mischa preßte sich unwillkürlich dichter gegen den Teppich. Der Geruch, der ihm entgegenschlug, war betäubend exotisch. Schmetterlinge taumelten durch seinen Verstand.

„Unsinn!" Die Stimme riß ihn aus seiner Verzauberung. „So schnell ist niemand. Der muß noch hier oben sein. Und was den Teppichklau angeht: vielleicht lauert er hier oben nur, bis alles ruhig ist. Und nachher räumt er unten in aller Seelenruhe auf. Oder er – Ach, ist ja egal. Auf jeden Fall ist er hier irgendwo. Darauf verwette ich meinen Sonntagsanzug."

„Wie du meinst. Sehen wir also nach. Durchsuchen wir jeden Winkel dieser Etage, dann jeden der nächsttieferen und so weiter. Pfeifen wir auf unseren Feierabend."

„Wenn das Früchtchen ein raffinierter Einbrecher ist, dann ist unser Feierabend sowieso flötengegangen. Nicht der von heute, sondern der morgige. Weil's dann nämlich morgen den Ärger gibt. Untersuchungen, Polizei, Papierkram, tausend Fragen. Ne, dann lieber heute eine Stunde, und wir schnappen den Kerl."

Mischas Kehle zog sich zusammen. Er hatte genug gehört! Was soll jetzt bloß werden? hämmerte es hinter seiner Stirn. Er wagte nicht, sich noch weiter vorzuschieben und zu den Männern hinunterzuspähen. Er fühlte sie – sie mußten dicht an der äußersten Teppichbarriere stehen, am Eingang zu dem Ganglabyrinth, das sie schließlich auf die „Lichtung" führen mußte.

Mischa zog sich zurück. Ein Rascheln entstand.

„Hast du das auch gehört?" zischelte unten einer der Männer. „Da war was!"

„Du mit deinem Detektivspielen!" murrte der andere in gutmütigem Spott.

Die Schritte erklangen wieder.

Mischa verhielt sich mucksmäuschenstill. Natürlich sprach alles gegen ihn – wenn man ihn hier fand, dann würde es heißen, er hätte sich absichtlich ins Kaufhaus einschließen lassen, um in aller Ruhe seine Diebesbeute aussuchen zu können.

Der kalte Schweiß sammelte sich in seinem Nacken. Der Zauberbann von vorhin wich mehr und mehr – Camelon schien wieder in unendliche, nebelhafte Fernen zurückgewichen.

Mischas rechte Hand schloß sich wieder um den Zauberstein. Das Pulsieren war ganz deutlich zu spüren. Samtwarm war der Stein, nicht kalt und hart und leblos wie ein echtes Juwel.

KOMM – KOMM – KOMM! pochte eine sanfte Stimme in seinen Schläfen. UND SEI VORSICHTIG. AUCH DIE MEISTER DER LÜGE BEOBACHTEN DICH. Mischas Blut schien schneller durch seine Adern zu fließen. KOMM. WIR BRAUCHEN DICH AUF CAMELON . . . WIR BRAUCHEN DICH. DU BIST DER WAHRE ERBE DER MACHT! ERFÜLLE DIE ZWEITE PROPHEZEIUNG. FINDE DAS TAL DER GEISTERNEBEL. FINDE ES ZUSAMMEN MIT DEINEN FREUNDEN VON CAMELON. UND ERFAHRE DAS MYSTERIUM DER BESTIMMUNG.

Und er mußte an Thay-Lee denken, die Anführerin der ehrenwerten jugendlichen Diebe. An Rajd Uvo Ben Mandin Kalifato Rajd, den Verspielten König, der auf sein Königreich verzichtet hatte, um mit ihnen dem Guten zu dienen und Abenteuer zu erleben. Und an El Botzo, den Kobold, der in einem zehntausend Jahre alten Käse gefangen war – in einem Käse, der auf magische Weise haltbar gemacht gewesen war.

Und die Gedankenstimme wisperte direkt in seinem Kopf weiter: KOMM, MISCHA.

Aufregung durchflutete ihn. Sein Blut kochte. Abenteuerlust und Verantwortungsgefühl brodelten in ihm. Er war der wahre Erbe der Macht . . .

WIR BRAUCHEN DICH, MISCHA, wisperte die Gedankenstimme. AUF CAMELON WÜTET EIN GIGANTISCHER KAMPF DES GUTEN GEGEN DAS BÖSE. EIN KAMPF, DESSEN AUSMASSE DU NICHT EINMAL ERAHNEN KANNST. NOCH NICHT. NUR SOVIEL SEI DIR JETZT VERRATEN: DAS GUTE IST NAHEZU VERNICHTET . . . DIE MEISTER DER LÜGE UND IHRE DÄMONISCHEN SCHERGEN WERDEN GEWINNEN, WENN DU NICHT KOMMST . . .

Mischa richtete sich auf und huschte lautlos über die Tep-

pichstapel – zurück zur „Lichtung".

Er wollte nach Camelon. Er wollte es! Die Erde, die Menschen der Erde, die Schule – seine Eltern . . . alles wurde von schäumenden Wogen davongerissen und in weite, bedeutungslose Tiefen hinuntergesaugt. Nichts war mehr wichtig für ihn – nur Camelon.

Und die Gedankenstimme wisperte immer drängender: KOMM – KOMM – KOMM! DU MUSST DICH BEEILEN, MISCHA . . .

Die Schritte der beiden Männer waren nach wie vor zu hören, doch Mischa achtete jetzt nicht mehr darauf. Er konzentrierte sich auf Camelon, versuchte, sich den gigantischen Sumpfdschungel vorzustellen, in dem er das letztemal „angekommen" war. Er sah den gutmütigen, einsamen Knorrzilla Wurzelfuß, den letzten der Lebenden Bäume. Er sah Thay-Lee, wie sie ihm winkte. Ihre langen, goldblonden Haare flatterten im Wind. Sie ritt verwegen auf Ka-Schir, ihrem treuen Reitschmetterling, schien auf ihn, Mischa, zuzurasen, schien ihn genauso deutlich zu sehen, wie er sie.

Die Dunkelheit flimmerte vor Mischas Augen. Die Vision war verschwunden.

Das Stimmengemurmel der Männer! Er ruckte herum. Es kam näher. Sie waren auf dem richtigen Weg – dem Weg zur Lichtung! Mischa beeilte sich noch mehr, setzte in gewagten Sprüngen über die Wegschluchten zwischen den einzelnen Teppichstapeln hinweg – und sah die Männer schattenhaft unter sich. Lautlos kam er auf dem anderen Stapel an und huschte weiter. Die Männer hatten ihn nicht bemerkt – Gott sei Dank.

Mischas Herz hämmerte schneller. Nur nicht stolpern! pochte es in seinem Kopf.

Er stolperte nicht, sondern erreichte den Rand der Barriere. Vor ihm, unter ihm breitete sich die Lichtung aus, und er zögerte nicht. Mit hochgerissenen Armen sprang er hinunter.

Nur – da gab es die Lichtung plötzlich nicht mehr!

Etwas Riesiges, Flirrendes raste auf Mischa zu. Für den Bruchteil einer Sekunde glaubte er, eine gigantische Hand erkennen zu können, riesige, balkendicke Finger . . .

Dann kam er unten auf, federte in die Knie und wurde von seinem Schwung nach vorn gerissen.

Wie ein Kastenteufel kam er wieder hoch – und sah ungläubig, wo er gelandet war:

In einem düsteren Steinverlies, in einer Fallgrube, die von Drachen und Dämonen und teuflischen Hexen bevölkert war!

★

Das ist das Zauberwerk der Meister der Lüge! grellte es durch seinen Verstand – dann hatte er keine Zeit mehr zum Nachdenken.

Die Hexen wirbelten in einem rasenden und kreischenden Teufelstanz um Mischa herum, versuchten ihm Haare auszureißen, ihn an der Nase oder an den Ohren zu ziehen. Er wich ihren heranzuckenden Klauenhänden aus, so gut es ging und wirbelte dabei kampfbereit ebenfalls im Kreis herum. Er mußte in Bewegung bleiben. Wenn sie es schafften, ihn zu Boden zu reißen, dann würden sich die anderen auf ihn stürzen . . . Die Dämonen, die außerhalb des Hexenkreises lauerten. Und dann – dann war er verloren.

„Ich mache es euch nicht einfach!" knirschte er halblaut. Seine Fäuste ballten sich. Sein Gesicht war verzerrt.

Nackte Fußsohlen scharrten auf dem Steinboden. Lumpenkleider flatterten. Strähnige Haare flogen um hin- und herruckende Hexengesichter, die im zuckenden Licht der Fackeln oben, am Rand der Fallgrube, wie schreckliche Totenmasken aussahen. Immer schneller wurde der Hexentanz. Immer lauter gellten die Schreie. Sie hallten von den hohen, fugenlos glatten Steinwänden der Grube zurück – harte, schmerzhafte Echos, die wie Ohrfeigen auf Mischa

425,-
SONDER-ANGEBOT
KASSE

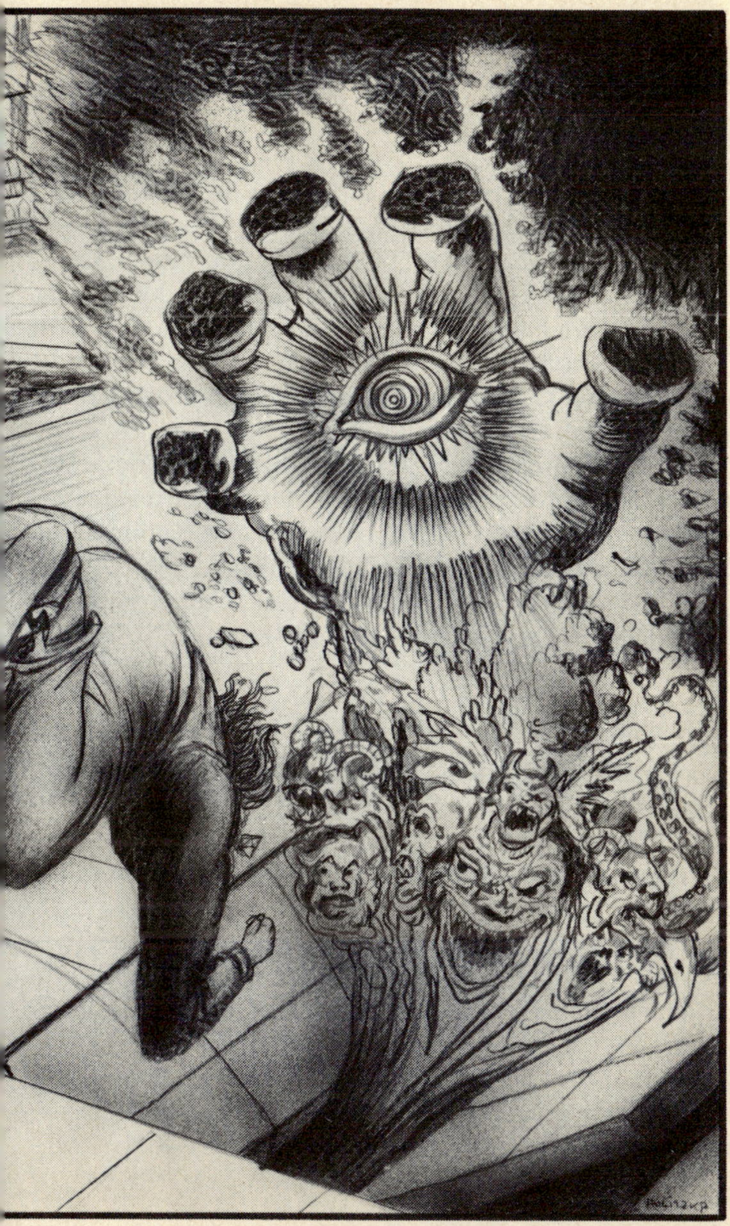

einprasselten. Das Kichern und Kreischen der Hexen lockte die Dämonen näher. Die Drachen stießen fauchende Laute aus und bewegten unruhig ihre geschuppten Leiber. Ihre großen Augen funkelten. Über den Boden wimmelten Riesenschlangen heran . . .

Der Gestank von mächtiger Zauberei war wie ein schleichendes Gift, das die Luft zerfraß!

Die menschenähnlichen Dämonen in ihren roten Kapuzenkutten rückten jetzt wie eine lebendig gewordene Mauer heran. Ein monotoner Singsang wurde von ihnen zu dem Geräuschterror beigesteuert. Grimmige Augen blitzten in überschatteten Gesichtern. Schmale Lippen zogen sich in bösartiger Vorfreude nach unten.

„Wir haben ihn!" gellte eine triumphierende Stimme auf. „Unser Plan ist geglückt, und die Meister können mit uns zufrieden sein! Der Zaubergriff aus dem Nichts hat ihn in die Dunkelburg geholt, den großartigen Erben der Macht!"

Ein anderer Dämon fiel zischelnd ein: „Und er trägt den Zauberstein . . . er trägt ihn, seht nur!"

„Ei, wie stolz er darauf ist!"

„Und wie lächerlich ahnungslos!"

„Holt ihn euch!"

„Ja, packt ihn!" gellte eine andere Dämonenstimme. „Lange genug haben wir auf diese Gelegenheit gelauert!"

Und die Hexen sprangen vor, wimmelten gleichzeitig von allen Seiten heran, stürzten sich auf Mischa, rissen ihn zu Boden und begruben ihn unter sich.

Wie durch ein Wunder kam er frei! Er durchbrach den Panzer aus zuckenden, auf ihn einschlagenden Leibern, federte mit einem jähen Satz auf die Füße und war bereits unterwegs.

SIE HABEN UNSEREN ZAUBER UMGELEITET, MISCHA . . ., hörte er die sanfte Flüsterstimme wieder in seinen Gedanken. KOMM ZU UNS. . . KOMM NACH CAMELON – IN DEN NOCH FREIEN TEIL CAMELONS . . . DU

MUSST ES WOLLEN, DU MUSST ES MIT JEDER FASER DEINES SEINS WOLLEN!

Die Hexen stoben hoch. Die Dämonen brüllten Befehle. Die Drachen fauchten, und blaugelbe Elmsfeuer tanzten in der muffigen Düsternis der Fallgrube. Mischa wich zwei, drei heranschießenden Hexenklauen aus, duckte sich darunter hindurch und stürzte weiter.

CAMELON! CAMELON! CAMELON! hämmerte es hinter seiner Stirn. Sein Gesicht verzerrte sich vor Anstrengung, und der Zauberstein auf seiner Brust flammte zu einem grellen Leuchten auf, schickte wabernde Lichtfluten aus . . .

Und die Umgebung *veränderte* sich abermals so schnell, wie dies normalerweise nur in Träumen passiert!

Das enttäuschte Aufbrüllen aus Dutzenden von Mündern rammte wie eine Messerklinge in Mischas Ohren hinein. Für Sekunden war er taub und vernahm nur noch das nachhallende Dröhnen dieses geifernden Schreis. Vor seinen Augen verschwamm alles. Feuerlinien durchzogen die Finsternis, rissen sie auf – und dann wich diese Finsternis, als wäre sie nur ein alter Vorhang, ein modriges Etwas, das von einer übermächtigen Gewalt entzweigerissen wurde.

Mischa stolperte, obwohl es auf dem Boden keine Unebenheiten gab. Er wurde nach vorn geschleudert, ruckte beide Arme hoch, um das Gleichgewicht wiederzufinden – vergeblich!

Er stürzte!

Aber jetzt verklang der Donnerhall der fürchterlichen Stimmen. Mischa erkannte die Umgebung wieder – er befand sich wieder in der Wirklichkeit; auf der Erde, im Kaufmarkt, inmitten der gewaltig aufgetürmten Teppichstapel.

Zeit, sich von seinem Schrecken zu erholen, fand er nicht.

Die Stimmen und die Schritte der beiden Männer waren ganz nahe! Mischa rappelte sich hoch, rannte los, stoppte, federte herum und schoß einen gehetzten Rundblick ab. Da – da waren schon die Schatten der beiden zu sehen.

Der Teppichstapel!

Vorhin hatte es ihn mit unwiderstehlicher Macht dorthin gezogen. Vielleicht . . .

Er spurtete los, wie von der Sehne geschnellt – und stolperte wieder, dieses Mal über einen langen, breiten, wunderschönen Teppich. Er knallte darauf, daß ihm Hören und Sehen verging.

Und hörte eine brummige Stimme.

„Autsch!" murrte diese Stimme empört. „Kannst du nicht vorsichtiger sein!"

Es war kein Mensch, der da gesprochen hatte.

Es war – der Teppich!

★

„Da drüben ist er!" explodierte ein aufgeregter und triumphierender Schrei.

Hämmernde Schritte pochten auf den Boden, und der Frieden in der Lichtung zersplitterte buchstäblich.

Mischa war noch immer geschockt. Der Teppich, auf dem er lag, konnte nicht nur sprechen – er konnte sich auch bewegen. Und genau das tat er jetzt. Wellengleiche Bewegungen kräuselten die Oberfläche des herrlichen Stücks. Die Schlangenlinien, die in den feinen, seidenweichen Stoff eingewoben waren, schienen plötzlich zu leben . . .

In der ersten Panik wollte Mischa hochfahren und abspringen . . .

. . . und erntete abermals ein: „Autsch! Verdammt! In Sukris Namen, kannst du nicht aufpassen! Und bleib gefälligst liegen, oder willst du von denen da geschnappt werden?"

Das wollte er nicht.

„Ich –"

Weiter kam er nicht.

„Na ja", brummte der Teppich, „wer mich nicht sofort als Zafasch, den Zischenden Zauberteppich erkennt, von dem kann man ja nichts anderes erwarten! Ts, ts, ts!" Die Stimme klang überaus leidgeprüft.

„Ich bin noch nicht so erfahren mit Zischenden Zauberteppichen", verteidigte sich Mischa bissig. „Außerdem – beklag' dich nicht andauernd. Bring mich lieber endlich von hier weg –" Und sicherheitshalber fügte er noch hinzu: „Aber bloß nicht in diese grausige Dunkelburg!"

„Was werd' ich denn!" protestierte der Teppich – und dann stieß er einen durch Mark und Bein gehenden „Kampfschrei" aus – und startete! Und wie er startete!

Die beiden heranrasenden Männer – und selbst die Luft! – alles schien zu erstarren. Zafasch brauste in einer eleganten Kehre vom Boden hoch, donnerte über die Köpfe der völlig verdutzten Männer hinweg – hinein in die blauschwarze Dämmernis direkt unter der Decke. Mischa zog den Kopf ein und preßte sich so flach wie möglich auf den Teppich.

Jetzt rauschte Zafasch Richtung Helligkeit – hinüber in die lichtdurchfluteten Bereiche der Verkaufsetage. Mischa spürte ein rhythmisches Pumpen und Flappen unter sich. Der Flugwind kühlte sein erhitztes Gesicht. In den letzten Augenblicken hatten sich die Ereignisse selbst für seinen Geschmack ein bißchen zu sehr überschlagen, und er konnte gerade noch denken: Ein ruhiges Dasein führt man beileibe nicht als wahrer Erbe der Macht. Du liebe Güte! Aber wer will schon faul und träge werden? fragte er sich gleich darauf mit unerschütterlichem Galgenhumor.

Der Teppich raste an den Wänden entlang – und dann steil nach oben.

„Hey, paß auf!" warnte Mischa. „Da oben ist die Decke, und ich bin nicht aus Stahl . . . Du kannst nicht durchs Dach brechen!"

„Ich soll dich nach Camelon bringen – und genau das tue ich!" erklärte der mürrische Teppich.

Und hielt exakt auf das große Milchglasfenster zu, das Mischa vorhin aufgefallen war.

Mischa blieb jedes weitere Wort im Hals stecken. Er duckte

KAUFMARKT

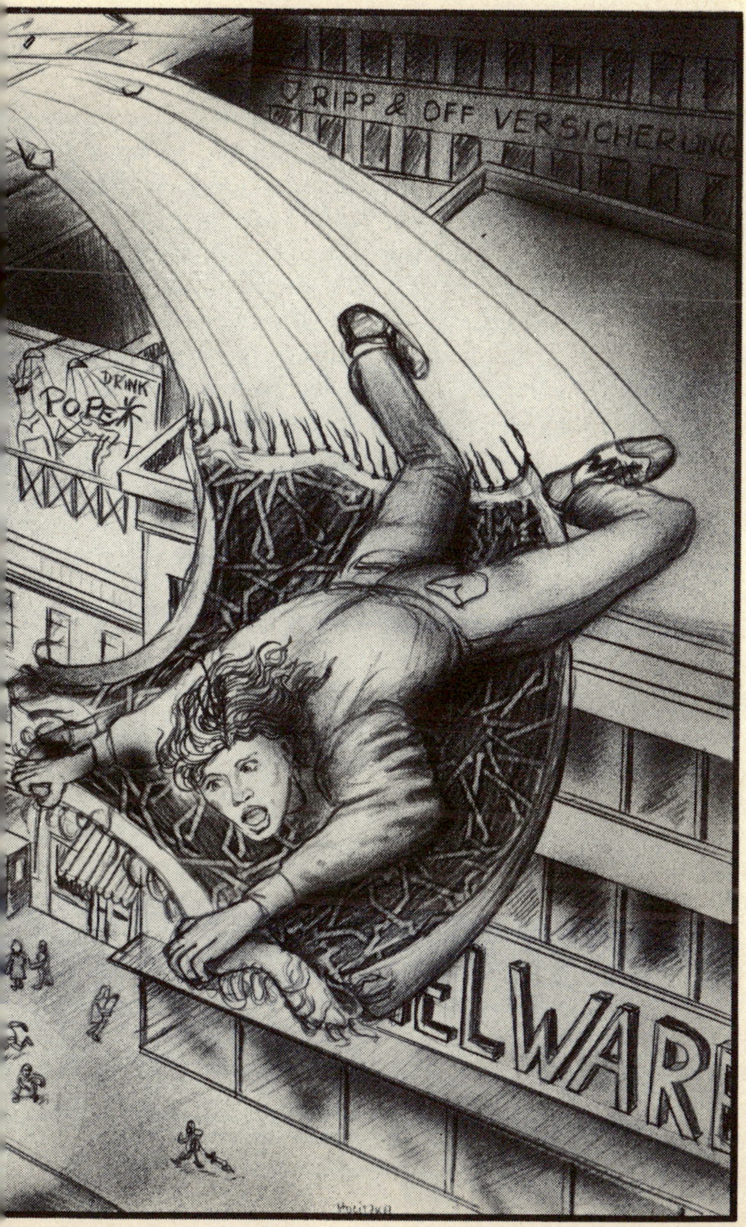
RIPP & OFF VERSICHERUNG
DRINK
POPE

sich wieder, krallte sich im Teppich fest und überhörte das Aufjaulen Zafaschs geflissentlich. Wer nicht hören will, muß fühlen, dachte er trocken.

Und dann klirrte und prasselte es auch schon, und im nächsten Augenblick, als Mischa wieder aufblickte, fauchten sie auch schon hinaus in den dunkler werdenden Abendhimmel über der großen, tristen Betonstadt.

Mischa reckte den Hals und starrte fassungslos in die Tiefe. Das helle Fensterviereck, das sie gerade durchflogen hatten, sackte nach unten weg. Die Glasscherben spritzten und prasselten noch immer durch die Luft, als das Fenster schon zu einem stecknadelkopfgroßen Flecken zusammengeschrumpft war. Genauso erging es der Stadt. Ihr helles, tausendfaches Lichtermeer schmolz zu einem kalten Glimmen – und war ganz verschwunden.

Und der Fliegende Teppich zeigte, was in ihm steckte!

„Gut!" brüllte er, zum ersten Mal nicht mehr mürrisch. „Jetzt können wir endlich beschleunigen!"

Endlich beschleunigen! echote es in Mischas Ohren. Er schluckte und hütete sich, sich aufzurichten. In tausend Märchen hatte er schon von fliegenden Teppichen gelesen und von den Leuten, die sich – lässig im Schneidersitz – darauf transportieren ließen. Er aber merkte schnell, daß das mit dem Schneidersitz bei ihm zumindest nicht funktionieren würde. Der Flugwind, der ständig zunahm und schon jetzt wie ein Moloch an seinen Haaren riß und zerrte, an seinen Kleidern fetzte, würde ihn mühelos in die Tiefe reißen.

Wenn er das Gesicht hob, war es, als würde er damit gegen eine Mauer laufen. Also zog er den Kopf wieder ein, preßte die Wange gegen den Teppich und schmeckte den fremdartigen Duft des Gewebes unter sich. Immer schneller, immer rasender wurde der Flug. Immer kälter die Luft. Der Wind peitschte und fauchte ringsum – und dieses Fauchen steigerte sich mit jeder Sekunde, bis es ein grauenhaftes Heulen und Brüllen und Toben war.

Mischas Zähne klapperten aufeinander. Die Angst verwandelte sein Blut in eine kochende Masse, die sich wie ein Sturzbach durch seine Adern ergoß. Er biß die Zähne aufeinander, hörte, wie der fliegende Teppich etwas zu ihm sagte und verstand kein einziges Wort, so sehr stürmte und brauste es um seine Ohren.

Die Dunkelheit nahm zu. Kalte Sterne glitzerten fern, unendlich fern.

Mischa stieß die angestaute Luft aus. Eiseskälte überzog seine Kopfhaut. Er dachte an die Meister der Lüge, seine teuflischen Widersacher. Sie geben nicht auf, loderte es in seinem Verstand. Sie sind mir noch immer – oder schon wieder – dicht auf den Fersen.

Nein, das Böse schlief nicht. Niemals.

Der furchtbare Luftzug nahm zu, mehr und immer mehr. Jetzt hatte Mischa das grausige Gefühl, als würde ihm jedes Haar einzeln ausgerissen werden. Die Hexen schienen ihm noch immer im Nacken zu sitzen, aber das war natürlich nur Einbildung – glücklicherweise.

Der rasende Flug in die Unendlichkeit ging weiter, immer weiter.

4. In der Weißen Zone

Längst war tief unter ihm nichts mehr außer grauschwarzer Dämmerung zu sehen – eine Fläche, die wie geschmolzenes dunkles Glas war. Es gab keine Städte mehr, die sanfte Lichterflecken durch die Dunkelheit heraufschickten, nicht einmal mehr Dörfer oder einzelne Häuser. Tief unten schien nur mehr das Nichts zu lauern; eine kalte, eine frostkalte Unbeschreiblichkeit.

Mischa stellte das mit einem schnellen, gewagten Blick über den seitlichen Rand des fliegenden Teppichs fest und zuckte sofort wieder in die sichere Mitte zurück. Sein ganzer Körper war wie mit Eiskristallen ausgefüllt. Ihm war schrecklich kalt. Seine Finger und seine Zehenspitzen konnte er schon seit Ewigkeiten nicht mehr fühlen. Seine Rückenmuskeln schmerzten, als habe er stundenlang Klimmzüge geübt.

Das Zischen und Fauchen des Flugwindes bildete eine unheimliche Melodie – manchmal glaubte Mischa, geifernde Stimmen daraus heraushören zu können, bellendes und krächzendes Lachen, höhnisches Geschwätz. Und Zafasch, der Zischende Zauberteppich, wurde weiterhin schneller und schneller, obwohl dies schon gar nicht mehr möglich sein konnte.

Aber was wußte er schon darüber, was diesem Zauberding möglich und nicht möglich war? Nichts. Überhaupt nichts. Besser, er kümmmerte sich um seine eigenen Angelegenheiten!

Nachdem abermals eine kleine Ewigkeit vergangen war, beruhigte sich Mischas rasender Herzschlag. Auch die Angst, in die Tiefe gerissen und irgendwo dort unten zerschmettert zu werden, verklang nach und nach.

Vielleicht, dachte er, ist ja eine kleine Unterhaltung möglich?!

„Wer hat dich geschickt, Teppich?" wollte er wissen.

Er mußte schreien – und der Flugwind riß ihm die Worte trotzdem mühelos von den Lippen und trieb sie davon, spielte mit ihnen, zerzauste sie und wirbelte sie durcheinander und ließ sie verklingen.

Allerdings verfügte Zafasch über ausgesprochen gute Ohren.

„Ich heiße nicht Teppich!" beschwerte er sich. „Ich heiße Zafasch!" Ein wütendes Schnauben folgte. Und dann, gemurmelt: „Nicht mal richtig zuhören kann er! Was habe ich mir da bloß aufgeladen!"

„Entschuldige, Meister Zafasch, Beherrscher der rasenden Geschwindigkeit. Ich wollte dich bestimmt nicht kränken . . ."

„Was ja wohl auch das Mindeste ist!" räumte Zafasch brummig ein.

Damit war die Unterhaltung vorerst beendet, noch bevor sie richtig begonnen hatte. Mischa atmete tief durch und hüllte sich in Geduld, so schwer ihm dies auch fiel. Allerdings schien dies Erfolg zu versprechen, denn schließlich bewegten sich direkt vor ihm die gewobenen Schlangenlinien-Muster auf dem dunkleren Teppichgrund und formten sich zu einem halbwegs menschenähnlichen Gesicht: zu zwei riesigen Ohren und einem großen, süßen Schmollmund, genau gesagt. Seine Augen mußte Zafasch zweifelsohne weiterhin nach vorn gerichtet halten, damit sein Höllenflug nicht zur Katastrophe wurde.

Nicht auszudenken, wenn er irgend etwas rammte! durchfuhr es Mischa. Das kalte Gefühl in seinem Nacken nahm wieder zu. Er richtete sich millimeterweise auf und spähte über den vorderen, mit Fransen versehenen Rand des Teppichs hinweg. Augenblicklich begannen seine Augen zu tränen, so sehr peitschten die Luftschwaden heran. Dennoch hatte er die weiße, zusammengeballte Masse weit voraus gesehen.

Eine Drohung strahlte davon aus.

Etwas unsagbar Böses . . .

„Du . . . hast mir meine Frage nicht beantwortet", erinnerte er Zafasch.

„Weil es da nicht viel zu beantworten gibt. Natürlich haben mich die Großen Alten vom Goldenen Quell geschickt. Jemand anders gehorche ich nicht. Keiner von uns Zischenden Zauberteppichen gehorcht jemand anders, das weiß jedes Kind."

„Jedes Kind auf Camelon", sagte Mischa sanft.

„Nun ja –" pflichtete Zafasch bei, und jetzt verzog sich der Schmollmund zu einem wenigstens halbwegs angedeuteten Lächeln. Die großen Ohren bekamen Besuch von den Mundwinkeln.

„Du warst noch nicht oft auf Camelon, nicht wahr?" erkundigte sich Zafasch dann.

„Nein. Erst ein einziges Mal."

„Oho, hoho! Dann muß ich wohl tatsächlich etwas gnädiger zu dir sein!"

Mischa lächelte auch. „Das wäre nicht schlecht, Meister Donnervogel!"

„Donnervogel? Hört sich gut an . . ." Zafasch strahlte plötzlich, daß die Ohren wackelten. „Donnerwetter – Donnervogel . . . Das wäre der richtige Kommentar, wenn ich vorbeibrause: huschschschu!"

Mischa wurde wieder ernst. „Wohin bringst du mich? Ich meine – ich weiß, daß es nach Camelon geht. Aber wohin dort?"

„Du mußt die zweite Prophezeiung erfüllen", erwiderte der Teppich, und jetzt war er sehr ernst. „Das letztemal wurdest du ja viel zu schnell wieder zur Erde zurückgerissen . . ."

„Da sagst du was! – Waren es die Meister der Lüge?"

„Ja. Sie wollten verhindern, daß du deinen Weg gehst und das Tal der Geisternebel findest . . . Und natürlich wollen sie das noch immer verhindern."

„Schöne Aussichten."

Zafasch lachte bitter. „Die gibt es auf Camelon schon lange nicht mehr. Dabei könnte alles so schön sein . . ." Er unterbrach sich. Dann kam er wieder auf ihr ursprüngliches Thema zurück. „Aber es müssen nicht zwangsläufig die Meister der Lüge sein, die bewirken, daß du auf die Erde zurückkehrst. Es gibt viele Möglichkeiten. Den Zauberstein darfst du nicht ausklammern. Und dich selbst, dein Wünschen und Wollen, auch nicht. Wie auch immer – das letztemal waren es jedenfalls die Meister. Und sie hatten auch allen Grund dazu!"

„Du weißt doch bestimmt, wo dieses Tal der Geisternebel zu finden ist", vermutete Mischa.

„Theoretisch: ja!"

„Dann könntest du mich also hinfliegen, und –"

„Das könnte ich nicht mal, wenn ich es wollte", stellte Zafasch unmißverständlich klar.

„Aber warum denn nicht? Ich denke, du bist ein Zischender Zauberteppich? Und angeblich ist es doch so furchtbar wichtig, daß ich so schnell wie nur irgend möglich dorthin gelange . . ."

„Es geht nicht, weil es nun mal nicht geht! Weil du der wahre Erbe der Macht bist, und nicht ich. ICH – ICH bin nur ein einfacher, alter, liebenswerter Zischender Zauberteppich." Wie um seine Worte ins absolute Gegenteil zu verkehren, bockte Zafasch allerdings gleich darauf wie ein wildgewordener Maulesel.

„Was ist denn jetzt schon wieder?" brüllte Mischa gegen das Toben des Sturmes an.

„Die Weiße Zone ist nahe!" erwiderte Zafasch bedeutungsschwanger, als würde das bereits alles erklären.

Mischa ließ nicht locker. „Und was ist das, bitteschön?" Er fluchte. „Verflixt und zugenäht, laß dir doch nicht alles aus deiner nichtvorhandenen Nase ziehen!"

„Die Weiße Zone ist das Nichts. Die Barriere aus Zeit und aus Raum – und aus Magie. Schwarzer Magie. Sie trennt unsere Welt von der deinen. Sie wurde von den Dämonen Camelons geschaffen, vor Urzeiten schon. Niemand soll unsere Welt verlassen können. Und erst recht soll niemand von den anderen Welten des Universums seinen Fuß auf Camelon setzen. Die Weiße Zone ist die Garantie dafür. Um dich von der Erde abzuholen, habe ich sie durchquert . . . Es ist die Hölle. Jetzt müssen wir sie gemeinsam durchfliegen. Aber bisher . . ." Er zögerte, und seine Lippen preßten sich kurz zusammen. Dann hatte er sich zu dem Entschluß durchgerungen, doch weiterzureden. „Bisher ist es noch keinem von meiner Art gelungen, die Weiße Zone hin und zurück zu passieren. Jedenfalls nicht unversehrt." Die letzten drei

Worte klangen sehr ernst – fast ein wenig verzweifelt.

Mischa starrte der Zusammenballung forschend entgegen. Rasend schnell näherten sie sich ihr, und sie wurde größer und größer, bis sie schließlich den ganzen Himmel vor ihnen ausfüllte. Wie ein gesteppter Schutzpanzer wölbte sie sich über das glasige Schwarz. Aber es war keine feste Masse, die dort emporwuchs – eher etwas Rauchähnliches, das sich als feste Masse ausgab und damit schon von weitem abschrecken wollte. Turbulenzen schlugen in die Finsternis heraus, bleiche Peitschenschnüre und Flammenzungen, die dem fliegenden Teppich und Mischa entgegenfauchten und so schnell wieder vergingen, wie sie entstanden waren.

Unwillkürlich krallten sich Mischas Finger härter in den weichen Flor des Teppichs. Das da vorn war sie also, die Weiße Zone, durch die sie hindurchmußten. Schon vorhin, als Mischa sie das erste Mal gesehen hatte, war ihm die davon ausgehende Drohung aufgefallen. Und diese Ausstrahlung nahm jetzt irrsinnig schnell zu – genau wie der Sturmwind und die Turbulenzen. Die ganze Zusammenballung geriet in lodernde, zuckende Aufregung, als könnte sie wittern, daß sich ihr jemand näherte.

Wie ein riesiges Lebewesen . . .

Das Schwarz ringsum verwandelte sich in einen brodelnden Aufruhr; wurde zu einer gigantischen schwarzen See, auf der der fliegende Teppich wie ein winziges Floß herumgeschleudert wurde. Doch Zafasch kehrte immer wieder auf seinen ursprünglichen Kurs zurück – und der zielte mitten hinein ins bleiche, wabernde Zentrum der dämonischen Barriere!

Noch verbissener klammerte sich Mischa fest. Das Grauen verlieh ihm Bärenkräfte. Er wollte nicht von Zafaschs Rükken fortgerissen und von diesem Aufruhr der Naturgewalten verschlungen werden. Dazu gehörte nicht nur eine Riesenportion Kraft, sondern auch eiserne Willensanstrengung. Wer sich selbst aufgibt, wußte Mischa, der ist schon halb verloren. Er aber wollte leben! Leben! Und Camelon erreichen; natürlich. Seine Arm- und Rückenmuskeln zeichneten sich wie Tauwerk unter der Haut ab. Wenn Mischa gekonnt hätte, hätte er sogar noch die Ohren angelegt, um sich vollends so windschlüpfrig wie nur möglich zu machen. Je weniger Luftwiderstand er bot, desto leichter hatte es Zafasch, und das war bei Gott nötig!

Der Teppich wurde vom Toben des Sturms durchgeschüttelt, harte Böen krachten gegen ihn, daß er bockte und flatterte. Wieder trieb er ab – und wieder kehrte er um und flog in einer engen Kurve zurück, kämpfte sich durch Brausen und Geifern voran, immer weiter voran.

Mischa erging es dabei schlecht. Immer öfter, immer schneller aufeinanderfolgend wurde er hochgerissen und schwebte handspannenhoch über dem Teppich waagerecht in der Luft – nur noch durch den eisernen Griff seiner Hände mit Zafasch verbunden.

Dann herrschte plötzlich Stille – der Sturmwind schien den Atem anzuhalten. Mischa krachte wieder auf Zafaschs Rücken hinunter, machte sich ganz klein und war für den Moment heilfroh, überhaupt noch am Leben zu sein. Die Anstrengung ließ ihn keuchen und am ganzen Körper zittern. Er machte sich keine falschen Hoffnungen: Es war nicht ausgestanden. Im Gegenteil. Das war erst der Anfang gewesen; die ersten Ausläufer der Weißen Zone. Das Chaos sammelte seine Kräfte, um dann mit vernichtender Wucht zuzuschlagen. Aber Mischa dachte jetzt nur an den fliegenden Teppich.

„Kann ich dir irgendwie helfen, Zafasch?“ wollte er wissen und brüllte gegen den Flugwind an.

„Nein!“ kam es kurzatmig zurück. „Du wirst noch genug damit zu tun haben, dich an mir festzuhalten. Nimm keine Rücksichten – jetzt nicht mehr. Jetzt geht's um alles oder nichts. Pack zu, so fest du nur kannst. Ich bin nicht so wichtig. Aber du, Mischa, du mußt durchkommen – nach Camelon! Hörst du? Die Weiße Zone darf dich nicht fressen, sonst wäre alles aus!"

„Unsinn! Wir kommen beide durch!"

„Ich bin nicht so wichtig!" wiederholte Zafasch.

„Gibt es denn keinen anderen Weg?"

„Keinen. Heute jedenfalls nicht. Alle anderen Schlupflöcher nach Camelon werden von den Schergen der Meister der Lüge blockiert. Überall lauern sie. Diesmal haben sie ganze Arbeit geleistet. Sie . . . sie wollen deine Rückkehr verhindern, Mischa!"

Wie um das zu bestätigen, brodelte der Sturm wieder los!

Mischa duckte sich hastig.

Die Atempause war vorbei.

Der fliegende Teppich raste in die Weiße Zone hinein – und damit ging es für Zafasch und Mischa um Kopf und Kragen!

★

Kälteschauer peitschten sie – bodenloses, unendliches Weiß verschlang sie!

Zafasch raste dahin. Grelle Linien zitterten ringsum – wie ein gigantisches Spinnennetz. Sie klebten sich an dem fliegenden Teppich fest und rissen im nächsten Moment auch schon wieder. Die dumpfen, platschenden Geräusche, mit denen das geschah, waren schrecklich. Mit unverminderter Schnelligkeit ging es voran. Zafasch holte das letzte aus sich heraus. Die Luft in der Weißen Zone war kalt und feucht. Silberne Tropfen überzogen Mischas Stirn. Im Nu waren seine Haare klatschnaß und wie an seinen Kopf gekleistert. Aber wenigstens waren die Sturmböen verklungen . . . Stille kehrte ein, doch dieses unheimliche Fehlen eines jeden Geräuchs war fast noch schlimmer als das Jaulen und Winseln und Toben des Sturmes.

Die Helligkeit schmerzte in Mischas Augen, und das selbst dann, wenn er sie zudrückte. Sie war allgegenwärtig: ein

brodelndes, wogendes Weiß – eine gigantische Nebelsuppe, aus der geisterhafte Hände nach ihm griffen, über ihn hinwegstrichen und sofort wieder auseinanderfaserten und woanders neu entstanden. Eine unbändige Wut peitschte sie wieder heran – und wieder – und wieder. Ein Gewitter aus nebelweichen Schlägen prasselte auf Mischa und den fliegenden Teppich herunter. Zafasch stöhnte mitleiderregend. Seine Seiten wurden von unsichtbaren Klauen zerfetzt. Der Teppichrand riß ein – ein breiter Spalt, der sich zu Mischa hin verästelte. Durchdringendes Ratschen wurde laut.

Weiter vorn loderten Blitze durch das weiße Nichts. Die Masse wurde zerspalten – nur um sich gleich darauf zu noch dichteren Schwaden zu verdicken.

Ewigkeiten vergingen. Mischa behielt den Riß im Auge. Er wanderte nicht mehr weiter. Zafaschs Stöhnen war verstummt. Aber Mischa spürte es körperlich, wie den Teppich die Kräfte verließen. Er trudelte ab, wurde von plötzlich neu entstehenden Sturmböen gepackt und vorwärtsgedroschen. Mischa schrie – und dieses Schreien schien stundenlang anzuhalten. Geisterhafte Echos rollten wie Donnerhall heran. Der Zauberstein auf Mischas Brust war glühend heiß. Die roten Strahlen sickerten in den weichen Teppichrücken Zafaschs ein – und der Riß im Gewebe schloß sich! Zafasch brüllte überrascht auf – und aus seinem Trudeln wurde jäh ein ruckartiges Hochschießen. Die Teppichnase bohrte sich in die irisierenden Schichten und zerteilte sie.

Zornig heulte der Sturm auf!

Aber Zafasch hatte sich erholt – und flog schneller als je zuvor!

Die Sturmausläufer holten ihn nicht mehr ein. Stöhnen und Heulen und Kreischen begleitete seinen rasenden Flug.

„Die dämonischen Mächte toben!" keuchte er Mischa erklärend zu. „Aber jetzt können wir es schaffen, mein Junge!"

Noch einmal bot die Weiße Zone ihre ganze fürchterliche Macht auf! Feste Wände schienen ringsum zu entstehen –

riesige Barrieren, die ein gigantisches Gefängnis bildeten. Ein Gefängnis, dem Zafasch und Mischa niemals wieder entkommen sollten.

„Festhalten! Wir müssen durchbrechen, bevor das Labyrinth entsteht!" brüllte Zafasch.

Er brauchte Mischa nicht zweimal zu bitten. Und wie er sich festhielt!

„Sie haben uns unterschätzt!" jubelte der fliegende Teppich. „Sie haben geglaubt, sie könnten uns mit ihren Sturmfäusten kaputtmachen! Hah!"

Irgendwo knirschte es. Dann war splitterndes Bersten zu vernehmen. Donner grollte, die weißen Ballungen gerieten in hektische, schwappende Bewegung – Und dann brach der fliegende Teppich mit Urgewalt durch das allgegenwärtige Weiß – hinein in einen Korridor, der geradewegs auf einen winzigen grünen Fleck zuführte. Dort war der Ausgang aus der Weißen Zone!

Mischa spannte alle Muskeln an. Seine Kehle trocknete aus, und seine Zähne schmirgelten übereinander. Die Spannung schien ihn um Jahre altern zu lassen. So nah! pochte es in ihm. So verflixt nah! Wir schaffen es – wir müssen es schaffen!

Der grüne Fleck wuchs, wurde zu einem leuchtenden Rechteck. Die Korridorwände huschten dahin – langgezogene, weiße Streifen und wirbelnde Schlieren. Zafasch jubelte noch immer. Die Siegesgewißheit mußte für ihn wie pures Kraftfutter sein. Mischa, der dem Frieden nicht traute, spähte über die Schulter zurück. Dort sah er die hinter ihnen herjagende weiße Riesenfaust. Er verschluckte seinen Jubel. – Es ging um Sekunden! Wenn sie den Ausgang nicht schnell genug erreichten, würden sie von dieser Zusammenballung dämonischer Gewalten niedergewalzt und zerschmettert werden!

„Zafasch! Beeil dich!"

Mischas Aufschrei zersplitterte förmlich.

Eine Antwort erfolgte nicht.

War Zafasch schnell genug? Würde er es schaffen? Mischa hielt die Luft an. Dann setzte sein Herzschlag aus – und gleich darauf mit doppelter Wucht wieder ein!

Das Weiß flirrte vorbei – und löste sich in auseinandertreibende Schleier auf. Dann war da nur noch saftiges, herrliches Grün! Geschafft! Sie waren draußen – die Weiße Zone blieb irrsinnig schnell hinter ihnen zurück und war gleich darauf ganz verschwunden. Der fliegende Teppich zischte in die herrlichen Weiten eines blauen Himmels hinein.

Mischa pumpte Luft in seine brennenden Lungen und stieß einen Siegesschrei aus, der Tarzans berühmten Kampfschrei wie ein lächerliches Mäusefiepen klingen ließ.

„Zafasch, alter Staubfänger! Du hast es geschafft!" brüllte er und klopfte den Teppich durch. „Wir sind draußen! Du hast es geschafft!"

Zafasch war auf diesen Freudentaumel nicht vorbereitet gewesen. Er verschluckte sich und hustete – und flog Wellenlinien. Hastig packte Mischa wieder zu und hielt sich fest. Dann peilte er hinunter und sondierte die Lage.

Der neue Schrecken sprang ihn mit der reißenden Wildheit eines hungrigen Wolfs an.

Das Grün, das sie gesehen hatten – jetzt wußte er, was es darstellte! Es war der scheinbar endlose Sumpfdschungel Camelons! Das Reich der Astratten!

★

In einem aberwitzigen Sturzflug rasten sie hinunter!

„Zafasch!" brüllte Mischa verzweifelt. „Nicht da hinunter! Nicht!"

Aber der fliegende Teppich hörte ihn nicht – oder wollte ihn nicht hören. Der Sturzflug ging in ein rasendes Dahinhuschen über; dicht über der narbigen Decke der himmelhohen Dschungelbäume wurde der Fall abgefangen. Der Teppich glitt taumelnd dahin, bäumte sich auf – und sank wieder.

„Zafasch!“ keuchte Mischa. „Was ist denn?“

„Keine . . . Kraft . . . mehr . . .“, röchelte der fliegende Teppich mit ersterbender Stimme.

„Du mußt! Bitte! Wir sind aus der Weißen Zone raus! Wir sind auf Camelon! Zafasch, du hast es geschafft, hörst du! Du bist der erste deiner Art, der die Weiße Zone zweimal passiert hat! Gib jetzt nicht auf!“

Der fliegende Teppich schwieg – ein gequältes Schweigen. Unaufhaltsam sank er tiefer, und die erstarrten, grünen Wogen des Dschungeldaches rasten grauenhaft schnell heran. Zum ersten Mal seit Beginn dieses neuen Abenteuers spürte Mischa eine abgrundtiefe Verzweiflung in sich nagen. Zum ersten Mal wurde ihm bewußt, wie dünn die Grenze zwischen Leben und Tod für ihn war: nur ein paar Millimeter. Genauso dünn, wie der Teppich war, auf dem er lang ausgestreckt lag und sich festklammerte.

Er hatte den brummigen, aber gutmütigen Burschen sofort ins Herz geschlossen – und jetzt war Zafasch schwer verletzt oder sogar schon tot. Seinetwegen. Weil er seinetwegen zweimal durch die Weiße Zone hatte fliegen müssen. Ein Wahnsinnsunternehmen – und das war ihm bewußt gewesen. Ja, bewußt hatte er sein Leben eingesetzt, um ihn, Mischa, nach Camelon zu holen. Die Selbstvorwürfe und die Sorge um Zafasch quälten Mischa mehr als die Angst ums eigene Leben. Du bringst allen nur Unglück! hallte es in seinem Kopf, als hätte es eine riesige Menschenmenge geschrien.

Er wurde aus seinen selbstquälerischen Gedanken gerissen – buchstäblich!

Knorrige Äste, die besonders weit aus dem Dschungeldach herausragten, streiften wie tödliche Haifischzähne über den Teppichboden. Das Kratzen und Reißen übertrug sich durch den dünnen Flor hautnah auf Mischa. Glühende Schmerzstreifen rasten über seine Brust.

„Versuch es!“ keuchte Mischa. „Bitte, Zafasch! Versuch es!

Du darfst nicht sterben!“

Der geisterhafte Flug ging weiter. Mit röchelnder Verzweiflung zog sich der fliegende Teppich hoch, trudelte empor wie ein betrunkener Schmetterling, kreiste um die eigene Achse, überschlug sich beinahe und glitt weiter – abermals in einem abwärtsgeneigten Winkel. Mischa konnte sich an den Fingern einer Hand abzählen, wann sie ins Grün der dichtbeblätterten Dschungelriesen unten hineinschlagen würden.

Er stemmte sich auf die Ellenbogen hoch und spähte geradeaus. Endlos erstreckte sich der Dschungel dahin, bis er weit voraus, am Horizont, in dunstige Schleier gehüllt verschwand. Ein grünes, erstarrtes Meer; riesige Wellenberge aus Blättern, Laub, Lianen, Ästen und Zweigen. Wellenberge, die dicht auf dicht gegen ein unsichtbares Ufer anrollten. Tausend Grünschimmer leuchteten im Abendrot der gewaltigen Sonne Camelons. Hier und da waren braune Schemen zu erkennen. Die Äste, die aus dem Blätterdach hervorstachen, waren wie die hochgereckten Hände von Ertrinkenden.

Und genau das würde sein Los sein!

Wenn Zafasch hier abstürzte, dann konnte ihnen nichts und niemand mehr helfen; nicht einmal der Zauberstein. In der Tiefe, unter dem wattigen, grünen Dach der Dschungelbäume, lauerte der mörderische schwarze Sumpf. Dort unten lag das Reich der Dschungelbestien – und der Astratten. Tschools Ratten . . .

Wieder flatterte der Teppich hoch. Das Rauschen und Brausen der Luft war Musik in Mischas Ohren. Eine winzige Hoffnung flammte in ihm auf. „Weiter! Du schaffst es!“ feuerte er seinen Freund an.

„Sammtho, die Baumstadt . . .“, röchelte Zafasch kläglich, und der große Schmollmund war unter unsäglichen Schmerzen verzerrt. Nichts mehr in seiner brüchigen Stimme erinnerte an sein vorheriges Jubelschreien. Vielleicht war das bereits ein letztes Aufbäumen seiner Kraft gewesen . . .

Mischa biß die Zähne zusammen, und alle seine Gedanken konzentrierten sich auf Zafasch – und den Zauberstein! Hilf ihm! dachte er. Hilf ihm! Er darf nicht sterben! Nicht wegen mir! Ich will nicht, daß er stirbt! Er . . . er ist mein Freund!

Aber was hatte er erwartet? Daß der Zauberstein wieder aufglühte, daß er wieder zu diesem unheimlichen, unerklärlichen Leben erwachte und dem fliegenden Teppich abermals Kraft einflößte? Unbändige Energie? Daß er ihm noch einmal ermöglichte, auch seine allerletzten Kraftreserven zu mobilisieren?

Mischa wußte – der Zauberstein war zu steuern. Irgendwie. Die Macht, die in ihm schlummerte, konnte geweckt werden – und zwar von ihm, dem wahren Erben der Macht. Aber wie? WIE?

„Die Baumstadt", keuchte Zafasch wieder. „Sie ist nahe . . . Ich spüre es. Wir . . . wir müssen nur noch über den Sumpf der Tränen . . . über den Schattenturm wegkommen, dann . . . dann ist es geschafft. Wenn wir Sammtho erreichen, hast du eine Chance . . . eine Chance . . ."

Also kamen sie aus südlicher Richtung nach Sammtho. Mischa drückte sich wieder hoch und blinzelte in den kühlen Fahrtwind. Weit voraus tauchte jetzt eine riesige Lichtung im Grün des Dschungeldaches auf. Annähernd kreisrund war diese Lichtung – der Sumpf der Tränen!

Und im Zentrum dieser schwarzen, brodelnden Fläche ragte er empor, der Schattenturm, von dem auch schon Knorrzilla Wurzelfuß voller Ehrfurcht und düsterer Angst gesprochen hatte.

Der Teppich raste genau darauf zu.

Und er flog zu niedrig! Zu tief unten!

„Du mußt höher gehen, Zafasch! Der Schattenturm! Der Schattenturm ragt weit über das Dschungeldach auf . . .

Wenn wir dagegenknallen, war alles umsonst! Zafasch!" Mischas Schrei faserte in einem verzweifelten Krächzen auseinander.

Der Teppich reagierte nicht – konnte nicht reagieren! „So . . . müde . . .", seufzte er in abgrundtiefer Erschöpfung.

Gerade noch war Mischa das Dahingleiten des fliegenden Teppichs viel zu langsam vorgekommen – jetzt schien es schlagartig wieder in ein selbstmörderisches Dahinbrausen verwandelt. Viel zu schnell wischte das Dschungeldach unter ihnen dahin – viel zu schnell kam der Sumpf der Tränen und damit der Schattenturm näher: ein gigantisches Bauwerk aus pechschwarzen Steinquadern, das wie ein mahnender Pfahl aus dem Sumpf emporragte. Mehr noch: er schien die massive, wuchtige Erweiterung des Sumpfes zu sein; genauso schwarz, genauso todbringend.

Irrsinnig schnell rasten sie darauf zu. Mischa konnte keine Einzelheiten mehr erkennen. Der Fahrtwind ließ seine Augen tränen. Als er sich wieder hinunterduckte, stand lediglich ein verblassendes Abbild von einstiger gewaltiger Macht vor seinem geistigen Auge; und der von riesigen Löchern und Spalten, die jetzt im Mauerwerk klafften, von einem zerlöcherten Schindeldach, von morschem Gebälk. Der Hauch von Alter und Vergänglichkeit schlug Mischa wie eine übelriechende Wolke entgegen; er umgab den unheimlichen Turm wie ein Schutzschirm.

„Zafasch!" Jetzt flüsterte Mischa nur noch.

Er war auf Camelon, ja – aber dieser Turm dort vorne schien für ihn zur Endstation zu werden.

Dort lauerte der Tod!

Zafasch konnte ihm nicht ausweichen!

5. Ein verzweifeltes Wagnis

Der Höllenflug ging mit unverminderter Schnelligkeit weiter, und jetzt begriff Mischa, daß er sich diese Schnelligkeit nicht nur einbildete! Zafasch flog tatsächlich wie ein Irrsinniger auf den Turm zu, als wollte er sie beide mit Teufelsgewalt vernichten! Mischa hatte das entsetzliche Gefühl, als würde er mit jedem Meter, den sie zurücklegten, innerlich ein Stück mehr gefrieren.

Der Schattenturm wurde größer und größer – ein gewaltiges Bollwerk aus großen, schwarzen, glasiert wirkenden Steinquadern, das vom Zahn der Zeit zerfressen war. Der erste Eindruck von vorhin war richtig gewesen: überall klafften große und kleine Löcher in den wuchtigen Mauern, und die ehemals schmucken Balkone, die den Rundturm umgürteten, wirkten brüchig wie vertrocknetes Marzipan auf einem uralten Zuckerbackwerk.

„Zafasch!" herrschte Mischa den fliegenden Teppich abermals an. „Hoch mit dir! Verdammt, flieg höher! Oder weich aus – flieg nach rechts oder links! Wir rammen den Schattenturm, und dann gibt's Kleinholz!"

Aber der Teppich gab keine Antwort – und dann wurde jede weitere Warnung sinnlos. Wie im Zeitraffer sah Mischa den Turm heranfliegen! Schon rasten sie über den Dschungelrand hinaus. Die Sonne war hinter dem westlichen Horizont verschwunden, und ihre letzte Glut zitterte und waberte in öligen roten und orangefarbenen Schmierern am Himmel. Von den Dschungelrändern wehten tausendfache Geräusche heran: Schreien und Kreischen und Keckern. Dort hatte die Urwaldnacht bereits begonnen.

Der Sumpf tief unten blubberte. Große Blasen stiegen aus dem wogenden Brei und zerplatzten mit dumpfen Lauten.

Der Teppich raste schneller und schneller dahin; der Turm kam näher und näher und näher!

„Mußt . . . abspringen!" keuchte Zafasch verzweifelt. „Ich – ich kann dein Gewicht nicht mehr tragen!"

„Abspringen?" explodierte Mischa. „Wir sind über dem Sumpf! Hörst du, Zafasch?"

„Dann ist alles verloren . . . Es – es tut mir leid . . ."

Der Teppich gab sich alle Mühe, verständlich zu reden. Die großen Lippen vor Mischa zitterten und bebten – und dann klafften sie zu einem schaurigen Röcheln auf.

„Schwarze Magie . . .", stöhnte Zafasch. „Es ist nicht wegen der Weißen Zone, Mischa. Die haben wir besiegt. Aber jetzt . . . jetzt haben uns die Meister der Lüge persönlich aufs Korn genommen. Sie setzen ihre böse Zaubermacht ein und lassen sie an meinen magischen Flugkräften nagen wie ein reißendes Ungetüm . . . Es – es tut so schrecklich weh . . ."

„Wie kann ich dir helfen?"

„Sie – sie wollen den Zauberstein, Mischa. Und dich. Koste es, was es wolle. Um jeden Preis. Egal, ob tot oder lebendig. Sie geben niemals auf."

Mischas Augen verschmälerten sich. „Das weiß ich inzwischen." Wie gebannt starrte er dem Schattenturm entgegen.

Der Teppich wurde langsamer, sein tosender Flug ging wieder in ein ruhigeres Schweben und Gleiten in den sanften Luftströmungen über dem Sumpf über. Trotzdem – Zafasch hielt noch immer auf den Schattenturm zu.

„Sie kriegen den Zauberstein nicht! Niemals!" stieß Mischa heraus.

„Dann werden sie uns töten! Sie können mich steuern – sie sind es, die mich diesen tödlichen Kurs auf den Turm halten lassen. Sie sind es, die mich beschleunigen. Und die gleichzeitig an meinen Kräften reißen und fressen . . . Aaaahhh!"

Mischa faßte einen tollkühnen Entschluß. Bevor die Meister der Lüge Zafasch endgültig vernichteten, würde er alles auf eine Karte setzen. Denn über ihn hatten die Teufel offenbar keine Macht! Bestimmt nicht! Sonst hätten sie sie schon längst an ihm ausprobiert! Und wie! Das mußte es sein: der Zauberstein beschützte ihn vor jedem magischen Zugriff der verbrecherischen Herrscher Camelons!

Mischas Plan hatte in Nullkommanichts Gestalt angenommen.

Es wurde auch höchste Zeit!

Noch fünfzig Meter bis zum Turm. Und Zafasch wurde wieder schneller!

Noch vierzig Meter!

„Zafasch! Flieg weiter nach rechts! Versuch es! Versuch es irgendwie! Laß dich von diesen Teufeln nicht kleinkriegen! Du kannst es schaffen! Flieg weiter nach rechts. Damit wir wenigstens nicht frontal gegen den Turm da vorn knallen!"

„Ich . . . versuche . . . es . . ."

„Bitte!" Mischa richtete sich wieder auf. Der Teppich schwankte und flatterte unter ihm, und für den ersten Moment kam sich der Junge von der Erde wie ein Rodeoreiter vor. Aber das Unmögliche gelang ihm: er konnte auf Zafasch stehen – leicht vornübergebeugt, alle Muskeln angespannt, die Arme leicht ausgebreitet. Der Flugwind riß und zerrte an ihm. Mischa pendelte das Gleichgewicht noch mehr aus, beugte sich noch ein wenig weiter nach vorn und zog den Kopf zwischen die Schultern.

Noch zehn Meter bis zum Schattenturm.

Noch vier!

Hinter den düsteren Fensterovalen und den klaffenden Löchern glaubte Mischa huschende, verstohlene Bewegungen zu sehen. Es war wie eine blitzlichtartig aufglühende Vision. Dann war sie wieder vorbei.

Mischa sah den Balken jetzt ganz deutlich, der zwei Stockwerke unterhalb des morschen Dachgebälks waagrecht aus dem Gemäuer ragte und ziemlich robust aussah . . .

Die letzten Meter kamen Mischa wie eine Ewigkeit vor!

Es war Wahnsinn, Mischa wußte es.

Das, was er vorhatte, konnte gar nicht gutgehen!

Aber hatte er im Verlauf seiner Abenteuer auf Camelon nicht schon x-mal nur mit absolut wahnsinnigen Ideen und unberechenbaren Reaktionen seine Haut gerettet?

Und hier ging es auch um Zafaschs Leben! Er mußte es riskieren – und er würde es riskieren!

Dann war der kalte Schatten des Turms heran. Der frostige Moderhauch des Gebäudes schlug in Mischas Gesicht. Zafasch steuerte kaum merklich nach rechts! In einem Abstand von wenigen Millimetern würde er an der Rundmauer vorbeischrammen – und unter dem waagrecht hinausragenden Balken hindurchsausen.

Wie hypnotisierend faßte Mischa diesen Balken ins Auge.

Dann war es so weit! Für einen Abschied blieb keine Zeit mehr. Mischa stieß sich kraftvoll von dem flatternden Teppich ab und sprang! Seine Hände ruckten vor und hoch. Die Finger waren wie zu Krallen geformt.

Im nächsten Moment fiel die Entscheidung! Mischa spürte das rissige, feuchte Holz des Balkens und packte geistesgegenwärtig zu. Sein Körper wurde von der Wucht des Sprunges nach vorn gerissen – der Balken auch. Mischas Hände rutschten ab, und für einen Moment glaubte er schon, er würde in die Tiefe stürzen. Sein Kopf schlug in den Nacken. Seine Fingernägel kratzten über das Holz, brachen, splitterten – und seine Muskeln spannten sich wie Stahlseile. Dann fand Mischa Halt! Er keuchte vor Anstrengung, nutzte den Schwung aus – und riß beide Füße in einem kraftvollen Felgaufschwung hoch. In einem geschmeidigen, atemberaubenden Bewegungsablauf wirbelte er wie ein Akrobat um den Balken herum und hing im nächsten Moment wie ein halb aufgeklapptes Taschenmesser darüber und starrte geradewegs in den weit unten brodelnden und blubbernden Sumpf.

Mischa schwitzte Blut und Wasser. Aber jetzt war er erstmal in Sicherheit. Er schloß die Augen, spuckte aus, atmete tief durch. Dann wartete er ab, bis sich das Vibrieren seiner

Muskeln beruhigt hatte. Weit entfernt hörte er ein Klatschen . . . ein träges, breiiges Gurgeln . . .

Mischas Kopf ruckte hoch, und er sah gerade noch, wie Zafasch in den Sumpf peitschte – sich taumelnd wieder fing und mit verzweifelten Schlängelbewegungen wieder hochtorkelte, über den Sumpf der Tränen hinwegflatterte, zum jenseitigen Dschungelrand hin . . . und dort Sekunden später mit letzter Kraft ins Gestrüpp krachte.

„Zafasch . . .", murmelte Mischa und schluckte. Aber der Kloß in seinem Hals wollte nicht verschwinden. „Bleib am Leben . . . Gib nicht auf. Und wenn du das irgendwie schaffst – komm zurück und hol mich . . ."

Er brach ab. Seine Gedanken waren wie Kaugummi: sie dehnten sich endlos aus – und schrumpften im nächsten Moment wieder zusammen. Zafasch hatte es bis zum Ufer hinüber geschafft. Er konnte neue Kräfte schöpfen und zurückkehren. Nicht gleich, aber vielleicht in ein paar Stunden. Oder morgen. So lange konnte er es sich im Turm gemütlich machen, selbst zusehen, daß er wieder zu Kräften kam und – Erstmal hineinkommen, holte er sich wieder auf den Boden der Tatsachen zurück. Noch hing er hier draußen. Und vorhin hatte sich der Balken knirschend bewegt. Mischa hatte eine Gänsehaut – ein teigiges, sich zusammenziehendes Etwas, das ihn wie eine zweite Haut erstickend einhüllte. Unvermittelt klammerte er sich fest. Ihm wurde schlecht. Die Nachwirkungen der Aufregung. Das Bewußtsein darüber, wie viel er riskiert hatte. Wie leicht hätte er den Balken verfehlen oder vom eigenen Schwung weitergerissen werden können?

Er zwang sich, nicht mehr daran zu denken. Er hatte nicht danebengegriffen, und er war nicht in die Tiefe gestürzt; noch nicht. Er hing auf dem Balken. Und abgesehen von ein paar abgerissenen Fingernägeln und immer noch flatternden Nerven lebte er und fühlte sich auch nicht allzu schlapp.

Er leckte sich über die Lippen und schätzte die Entfernung

zum Mauerwerk hinüber. Etwa vier Meter weit ragte der Balken aus der Wand heraus – waagrecht, wie ein Laufsteg. Mischa ging kein Risiko mehr ein. So, wie er auf dem Balken ‚gelandet' war, schob er sich vorsichtig nach links hinüber, zur Mauer und dem darin klaffenden gezackten Spalt. Bereits nach fünf, sechs Sekunden war er in Schweiß gebadet, obwohl es über dem Sumpf kühl geworden war. Jeden Augenblick rechnete er damit, daß sich der Balken wieder verschob. Nach fünfzehn Sekunden keuchte er so asthmatisch wie eine uralte Dampflok. Aber er kam dem Spalt näher und näher . . .

Genauso langsam, aber unvermeidlich, wie sich die Finsternis über den Wald und den Sumpf stahl.

Die Dunkelheit würde noch eine Weile brauchen, bis sie an ihrem Ziel ankam. Er aber würde es in wenigen Augenblicken erreichen. Noch ein paar Zentimeter . . . Mischas Magen verknotete sich vor Anspannung.

Da verschob sich der Balken mit einem heftigen Ruck wieder! Mischa hielt die Luft an, spannte die Bauchmuskeln, um den erwarteten zweiten Schlag abschwächen zu können . . . Ein solcher Schlag erfolgte nicht, aber das Abrutschen des Balkens ging weiter.

Verzweifelt hielt Mischa nach einem Ausweg Ausschau, nach einer Rettung! Da – etwa zweieinhalb Meter unter ihm ragte einer der steinernen Rundbalkone aus der Mauer.

Der Balken rutschte weiter – grauenhaft langsam, aber er rutschte. Knirschen und Scharren begleitete diesen Vorgang. Offenbar war er durch Mischas Aufprall aus einer bis dahin funktionierenden Halterung oder Verkeilung gerissen worden – und jetzt verlor er mehr und mehr das Gleichgewicht, da sich auch Mischas Gewicht auf ihm ständig verlagerte. Aber eine andere Erklärung konnte auch sein, daß sich die Meister der Lüge jetzt ausschließlich auf ihn konzentrierten . . .

Egal!

Mischa ließ sich von dem Balken hinuntergleiten! Im nächsten Moment hing sein ganzes Körpergewicht nur wieder an seinen Händen, mit denen er sich am Holz festklammerte. Eine Sekunde zögerte er noch. Der Balken rutschte weiter, schrammte über Stein und Mörtel . . .

Was, wenn der Balkon da unten morsch war? Wenn die Steine unter seinem, Mischas, Aufprall wie altes Zunderholz auseinanderbröckelten?

Mischa ließ sich fallen!

Langgestreckt sackte er nach unten, kam auf beiden Füßen auf, federte in die Knie und fing so die Aufprallwucht ab, so gut es ging. Noch im Hochfahren warf er sich bereits herum und auf den dunkel gähnenden Eingang in der Mauer zu.

Mit der Wucht einer Kanonenkugel sauste er in die Schwärze hinein.

Keine Sekunde zu früh! Hinter ihm brach der steinerne Balkon auseinander und polterte in den Abgrund hinunter!

6. Etwas lauert in der Tiefe

Es war vorbei und er lebte noch.

Er war auf den stahlharten Steinboden des Turmgemachs gekracht und wie von einer Riesenfaust weggewischt darübergerollt. Die gegenüberliegende Wand hatte ihn gebremst – und wie! Der Aufprall hatte ihn vor Schmerz stöhnen lassen. In seinen Ohren rauschte das Blut, und als er sich jetzt langsam aufrichten wollte, flammte ein gemeiner Schmerz durch seine Seite und ließ ihn wieder zurücksinken.

Aber er lebte, und er hatte nicht einmal das Bewußtsein verloren. Und . . . Ein schmales Lächeln blitzte auf Mischas bleichem Gesicht auf. Er war auf Camelon.

Das allein zählte momentan, und es war mehr als genug. Mischa schonte sich nicht. Mit einem leisen Knurrlaut richtete er sich auf, stützte sich dabei an der Wand ab und unterdrückte das Zittern seiner Hände. Draußen brachen immer wieder Steine nach und fielen in die Tiefe. Mit dumpfem Platschen schlugen sie in den Sumpf, der den Schattenturm weithin umgürtete.

Irgendwann herrschte Stille.

Und mit dieser Stille kam die Angst. Sie kroch aus dem fernen Dschungelrand herbei, stahl sich in dünnen, grauen Schleiern durch die Dämmerung und über den niemals zur Ruhe kommenden Sumpf. Sie schlängelte sich an den riesigen, schwarzen Basaltsteinen des Turmes empor und sikkerte durch die Löcher in den Wänden herein. Sie wehte als eisiger Atem aus der Tiefe des Schattenturmes empor, über schiefe Steintreppen, und kam aus leeren, schmutzstarrenden Kammern und Gemächern. Und – sie brannte in Mischa – eine unruhig zuckende Flamme, die jederzeit zu einer gewaltigen Stichflamme hochpuffen konnte.

Mit Gewalt riß sich Mischa zusammen. Nach einem letzten tiefen Durchatmen entfernte er sich mit steifen Schritten von der Wand, gegen die er sich gelehnt hatte. Er mußte seine nähere Umgebung im Turm erforschen, bevor es völlig dunkel war. Von unliebsamen Überraschungen hatte er vorerst die Nase gestrichen voll. Nicht auszudenken, was für unheimliche Geschöpfe in diesem düsteren Gemäuer ihre Heimstatt haben konnten. Bestimmt hieß es nicht umsonst SCHATTENTURM . . .

Die roten Schleier vor Mischas Augen verblaßten schließlich, und das Gehen fiel ihm wieder leichter. Er spähte kurz durch die Balkontür ins Freie hinaus, und zum fernen, dunklen Dschungelrand jenseits der weiten Sumpffläche hinüber.

Nachtvögel stiegen aus dem Unterholz empor und schraubten sich in eleganten Kreisen höher und höher ins Dämmerlicht des Himmels hinauf. Dünn wehten ihre krächzenden Schreie herüber. Irgendwo schlug etwas in den Sumpf, und ein hastiges Platschen und Schnappen und Spritzen folgte.

Ansonsten war es still.

Mischa wandte sich ab. Die Anspannung in seinen Muskeln löste sich nur halbherzig. Seine Augen aber hatten sich an die Düsternis gewöhnt, die mit jeder Minute vollkommener wurde. Er durchquerte den kahlen Raum. Die Sohlen seiner Turnschuhe verursachten auf dem steinernen Boden keinen Laut, und Mischa gab sich auch alle Mühe, leise aufzutreten. Wenn es hier irgendwelche Turm-Untermieter gab, dann wollte er sie nicht vorzeitig wecken.

Von der hohen Decke waren Mörtel und Steinsplitter heruntergebrochen. Staub lag nicht allzuviel; das verhinderte schon die hohe Luftfeuchtigkeit. Dafür waren Boden, Wände und sogar die Decke mit einer schmierigen dunklen Schicht überzogen; etwas Algenähnliches, Glitschiges, hatte sich selbst in den winzigsten Steinritzen und Fugen festgekrallt.

In der Längsseite, die dem Balkondurchgang gegenüberlag, fand Mischa einen schmalen Durchlaß. Die Tür, die früher einmal von den wuchtigen, jetzt rostzerfressenen Angeln gehalten worden war, mußte schon vor langer, langer Zeit zu Staub zerfallen sein. Auf dem Boden fand sich nicht einmal mehr das Holzmehl.

Mischa trat mit angespannten Muskeln in den angrenzenden Raum. Er war ebenfalls leer. Nirgends gab es einen Hinweis darauf, daß hier drinnen Leben existierte.

Im Hintergrund, in den düsteren, feuchten Schatten des Raumes, war die Decke heruntergebrochen. Ein gewaltiger Schutthaufen schwarzer Steine wölbte sich als unregelmäßiger Buckel empor. Der Boden schien unter Hitzeeinwirkung Blasen geworfen zu haben. Im Näherkommen sah Mischa, daß die ‚Blasen' ebenfalls herabgefallene Steine waren.

Einen hob er auf: er war faustgroß, auf allen Seiten gesplittert und scharfkantig. Keine großartige Waffe, fand Mischa. Aber immerhin, eine Waffe. Er nahm den Stein mit und pirschte weiter.

Die Stille und die Finsternis nahmen zu, je weiter er ins Innere des Turmes vordrang. Durchdringender Modergestank füllte auch die angrenzenden beiden Räume, und bald darauf hatte Mischa das beunruhigende Gefühl, schon seit Stunden durch die Kammern des Schattenturmes zu irren. Er hatte die riesenhafte Außenansicht des Gebäudes sehr lebhaft in Erinnerung, aber erst jetzt, als er darin unterwegs war, bekam er ein annähernd stimmiges Gefühl dafür, wie gigantisch der Turm wahrhaftig war.

Wer mochte ihn erbaut haben? Und warum ausgerechnet hier, im Sumpf der Tränen? – Oder hatte es den Sumpf damals noch gar nicht gegeben? Und, setzte er nach kurzem, schauderndem Überlegen hinzu, wozu hat man ihn gebaut?

Eine Antwort darauf fand er nicht; natürlich nicht. Allein die Zeit, die er mittlerweile leerstehen mußte, überstieg jede menschliche Vorstellungskraft. Trotzdem . . . Mischas Phantasie glich das Manko der fehlenden Fakten mühelos wieder aus. Er konnte sich lässig gleich ein Dutzend grausiger Verwendungsmöglichkeiten für ein derartiges Bauwerk ausmalen. Vorausgesetzt, kombinierte er, den Sumpf hat's damals schon gegeben. Dann war der Turm hier vielleicht so eine Art Gefangenenturm . . . Wer hier reinkam, der kam niemals mehr raus. Oder eine gigantische Überwachungsmaschinerie des umliegenden Dschungels. Knorrzilla hat mir doch damals was von der sagenhaften Dschungelstadt Erar erzählt, von den Karawanen dorthin . . .

Unwillkürlich war er stehengeblieben, und als er sich jetzt dabei ertappte, starrte er so angespannt in die Finsternis, daß er geradezu erwartete, seine Blicke müßten im nächsten Augenblick zwei glühende Punkte hineinbrennen.

Und –

Halt! War da nicht etwas gewesen?

Ein leises Schaben? Als würde etwas Massiges verstohlen über Steine kriechen?

Mischas Herz hämmerte schneller. Die Hand mit dem

Stein ruckte hoch. Aber so sehr Mischa auch lauschte – das Geräusch entstand kein zweites Mal.

Mischa wartete noch ein paar Lidschläge lang ab, dann setzte er seinen vorsichtigen, lauernden Erkundungsgang durch die Düsternis fort; jetzt noch wachsamer, noch kampfbereiter. Mit der rechten Hand umklammerte er seine ‚Waffe'. Mit der linken tastete er über feuchtkalte, glitschige Steinwände.

Er fand einen neuen Durchlaß, dieses Mal allerdings keinen, der von tüchtigen Arbeiterhänden geschaffen worden war: ein enger Spalt zerteilte die Wand von der Decke bis zum Boden. Dahinter flutete helleres Dämmerlicht aus großen Höhen herunter. Mischa quetschte sich hindurch – und stand im Treppenschacht des Turmes.

Durch das löchrige Dach hoch droben sickerte noch genügend Helligkeit, so daß Mischa Einzelheiten erkennen konnte: Der Schacht war kreisrund. Eine steile Wendeltreppe führte an den Wänden entlang nach oben – eine sinnverwirrende Spirale, die aus nebelverhangenen, schwarzen, kalten Tiefen heraufstieg.

Was liegt da unten? fragte sich Mischa. Weitere Kammern und Räume? Sollte er hinuntersteigen und den Schattenturm in seiner ganzen Größe erforschen – systematisch, von unten nach oben? Nein, dazu reichte die Zeit nicht mehr – ohne Fackel, ohne irgendeine Lichtquelle war es ausgemachter Leichtsinn, da hinunterzuklettern. Ein sinnloses Risiko.

Außerdem – wenn Zafasch zurückkehrte, dann würde er das da unten bestimmt nicht mitkriegen.

Mischa schüttelte den Kopf. Nein. Auch wenn er sich da unten – und im Turm überhaupt – nicht verirren konnte, war es besser, diese verrückte Idee so schnell wie möglich zu vergessen. Wenn da unten etwas lauerte . . . Ohne Fackel würde er ihm blindlings direkt in den Rachen stolpern.

Mischa wagte sich ganz dicht an den Treppenrand heran, beugte sich leicht vor und starrte in den Abgrund hinab.

Das spärliche Dämmerlicht reichte natürlich nicht weit genug hinunter; vom Schachtboden konnte man nichts sehen – nicht einmal erahnen. Absolute Finsternis verdeckte ihn.

Aber – es kam Mischa so vor, als würde er von dort unten herauf beobachtet werden!

Als würde auf der Schachtsohle ein riesiges Etwas hocken, eine unbeschreibliche Masse, im Dunkeln sicher verborgen.

Mischa prallte zurück. Die Angst in ihm bekam neue Nahrung. Er schämte sich dieser Angst nicht, denn er wußte, daß vier von fünf Jungen in einer ähnlichen Situation kopflos und schreiend davongestürmt wären.

Er lief nicht davon. Er holte sich einen zweiten Stein, kehrte an den Abgrund des Treppenschachts zurück und ließ ihn in die Tiefe fallen. Angespannt zählte Mischa mit, wie lange es bis zum Aufschlag dauerte.

Er zählte umsonst, denn einen Aufprall bekam er nie zu hören. Auch nicht, als er das Ganze mit einem zweiten und dritten Stein wiederholte.

Ein böses Gefühl breitete sich zitternd in Mischa aus, und er wich vom Treppenrand zurück und verhielt sich ganz still. Das Blut rauschte in seinen Schläfen, und für Sekunden donnerte sein Herzschlag überlaut.

Die Dunkelheit breitete sich nun auch im Treppenschacht aus, doch seltsamerweise schien sie aus der Tiefe heraufzusteigen – und nicht von außen hereinzukommen; weder durch das zerlöcherte Dach, dessen Gebälk hoch droben eine bizarre, mikadostabähnliche Masse bildete, noch durch die anderen Ritzen und Spalten und Löcher in den Wänden ringsum.

Überhaupt, diese Löcher . . . Was hatten sie zu bedeuten? Wie waren sie entstanden? Was war mächtig und stark genug, um diese titanischen Wände zu durchschlagen?

Fest stand für ihn nur, daß sie NICHT durch ein Erdbeben entstanden waren. Sie waren in die Wände hineingebohrt – oder gerammt worden. Aber von was? Oder . . . von wem?

Mischa warf einen letzten Blick auf das unregelmäßige Muster dieser Löcher – es ließ die schwarzen Wände wie einen grotesken, gefärbten Schweizer Käse aussehen –, dann beschloß er, daß es reichte. Er hatte zumindest herausgefunden, daß er *hier oben* allein im Schattenturm war.

Die Geheimnisse dieses Turms zu lösen – das würde vermutlich Jahrhunderte dauern, und soviel Zeit hatte er nicht.

Noch nicht, setzte er bitter hinzu. Aber wenn Zafasch nicht zurückkommt . . .

Und was das Gefühl des Beobachtetwerdens angeht, wechselte er hastig zur nächsten Überlegung; ich darf mich nicht selbst verrückt machen. Vielleicht war's bloß Einbildung. Eine Überreaktion meiner Nerven. Ein Wunder wär's nicht, bei dem Dauerstreß. Aber ich passe auf. Sicher ist sicher.

Denn . . . ist doch komisch, daß ich nicht gehört habe, wie die Steine da unten aufschlagen! Er verzog den Mund. Entweder, dachte er, während er behutsam die Treppe hinaufstieg, geht dieser Treppenschacht so tief hinunter, daß er erst auf der anderen Seite der Welt aufhört, oder . . . Er gab sich einen unwirschen Ruck, um den Gedanken doch noch zu Ende zu führen. Oder da unten hockt tatsächlich etwas und fängt die Steine ganz einfach auf.

★

Solange es da unten hockenblieb, was alles in Ordnung. Aber wenn es auf die Idee kam, heraufzukriechen oder zu steigen, dann . . .

Mischa ballte in stummer Entschlossenheit die Fäuste. Er würde sich nicht kirre machen lassen! Ein klarer Kopf war in aussichtslos scheinenden Situationen die beste Lebensversicherung!

Lautlos huschte Mischa höher, lugte in diese oder jene Turmkammer, untersuchte diesen oder jenen Raum und spähte ab und zu auch ins Freie hinaus. Die Dämmerung wurde mittlerweile von samtiger Finsternis ersetzt, aber insgeheim hoffte Mischa doch tatsächlich, den fliegenden Teppich irgendwo auftauchen zu sehen. Wenn es Zafasch irgendwie schaffen konnte, so würde er zurückkommen und ihn holen. Mischa wußte das ganz einfach. Der fliegende Teppich hatte mehr Mut und Verantwortungsbewußtsein in sich als viele Menschen. Der ließ ihn nicht im Stich.

Allerdings, wenn er tot ist . . . Oder wenn der Zauberbann der Meister der Lüge so gewaltig ist, daß er – Auch diese Überlegung würgte Mischa ab. In seinem Gesicht zuckte ein Muskel. Ohne daß es dem Jungen bewußt gewesen wäre, wurde der Blick seiner hellen Augen kalt und stechend wie Eis. Müde wischte er sich über die Stirn. Kalter Schweiß war auf seiner Haut eingetrocknet und bildete jetzt eine klebrige Maske.

Ohne Zafasch komme ich aus diesem Gemäuer nie wieder heraus; jedenfalls nicht lebendig.

Er konnte den Sumpf nicht überqueren. Es waren – in jeder Richtung – Hunderte von Metern bis zum Dschungelrand. Und in den Treppenschacht hinuntersteigen und hoffen, daß es da unten einen geheimen Gang gab, der unter dem Sumpf hindurch zum Dschungel hinüberführte – das konnte er zumindest jetzt noch nicht wagen.

Wenn Zafasch morgen früh noch immer nicht zurück ist, dann mache ich es! nahm er sich mit sehr gemischten Gefühlen vor. Das ist immer noch besser, als hier oben herumhokken, die Hände in den Schoß legen und langsam, aber sicher vor Angst verrückt werden. Oder zu verdursten.

Noch konnte sie ihn nicht überwältigen, die Angst.

Noch war er stark und gefaßt genug, seine Situation logisch zu überdenken. Noch . . .

Er erreichte den Dachstock des Turmes. Hier oben war es kalt und zugig – jedenfalls unter der durchlöcherten Dachseite. Aber jenseits des Schachtes war das Schindeldach noch in Ordnung, und dort nistete sogar noch ein Hauch der

Hitze, die sich tagsüber allgegenwärtig ausdehnte. Der Modergestank war nicht mehr ganz so intensiv wie weiter unten im Treppenschacht, und nachdem Mischa ein paarmal ausgespuckt hatte, verschwand auch der eklige pelzige Belag von seiner Zunge.

Langsam schob er sich über den Steinboden, stieg über heruntergebrochene Balken, die wie Zahnstocher geborsten und zerfetzt und scheinbar willkürlich durcheinandergeworfen worden waren. Er erreichte das Runddach. Die Schindeln waren hier wie von übereifrigen Wichtelhänden weggeräumt worden. Der Wind winselte um die Dachsparren und streichelte Mischas Gesicht mit frostigen Fingern.

Mischa starrte in die Finsternis hinaus. Ein seltsamer Friede herrschte dort draußen – ein trügerischer Friede, wußte Mischa.

Drüben, im Sumpfdschungel, waren jetzt die großen Raubtiere auf Beutejagd. Gefährliche Bestien krochen und schlichen über die gewaltigen Äste der gigantischen Bäume, schoben sich lautlos auf ihre ahnungslosen Opfer zu und –

Als wäre dieser Gedanke Mischas das Signal gewesen, gellte ein fürchterlicher Schrei, stieg zitternd in irrsinnige Höhen, zerfetzte die Stille – und endete abrupt in einem gräßlichen Gurgeln. Mischa schrak bis ins Mark zusammen.

Der Schrei wiederholte sich nicht. Abgesehen von gelegentlichem Flügelschlagen war wieder alles still, doch Mischa bekam die Vögel, die in sicherer Entfernung über den Schattenturm hinwegflogen, nie zu sehen.

Er seufzte, schlug mit seiner Steinwaffe zornig auf das Dachsparrengerüst und wandte sich dann ab. Selbst wenn Zafasch nur eine Armeslänge von ihm entfernt schweben würde – in dieser Düsternis hätte er ihn nicht gesehen.

Licht.

Er mußte Feuer machen. Holz gab es hier oben ja ausreichend. Die Idee versengte buchstäblich seine Nerven. Mischa schüttelte die schleichende Müdigkeit von sich, unterdrückte das Gähnen und ignorierte das Brennen, das sich in seinen Muskeln ausbreitete. Überanstrengung, wußte er. Trotzdem. Nachtruhe gab es heute für ihn nicht.

Nachdem er kurz in den Treppenschacht hinuntergehorcht hatte, legte er los.

Er sammelte das herumliegende oder -hängende feuchte Holz des morschen und zertrümmerten Gebälks ein und hatte im Nu einen ansehnlichen Stapel beieinander. Den konnte er allerdings nur mehr erahnen. Die Dunkelheit war jetzt dick und undurchdringlich wie ölgetränkte Watte, und selbst die Löcher im Dach waren nur mehr mit viel Phantasie auszumachen. Mischa wußte: es war höchste Eisenbahn.

Von Thay-Lee hatte er gelernt, wie man ohne Zündhölzer Feuer macht. Er kramte in seinen Hosentaschen, fand den Einkaufszettel seiner Mutter und zog ihn heraus. Ein zerknautschtes Papiertaschentuch vervollständigte seine Notfallausrüstung. Mischa ging in die Hocke, wippte auf die Fußballen vor und begann, mit dem scharfkantigen Steinbrocken rhythmisch auf den Boden zu schlagen. Funken sprangen und verglühten. Was bei Thay-Lee so spielerisch einfach ausgesehen hatte, wurde für Mischa zur schweißtreibenden, nervenzehrenden Schufterei. Zehn, elf, zwölf Versuche schlugen fehl; er klopfte sich die Knöchel wund. Aber dann sprang ein winziger, heller Funke endlich auf das bereitliegende Papier über. Die bleiche Fläche verfärbte sich braun, dann schwarz, und Mischa hätte am liebsten an den Fingernägeln gekaut, so groß war die Anspannung. Aber da züngelte bereits ein violettes Flämmchen empor. Mischa schirmte es mit der hohlen Hand gegen jeden Luftzug von außen ab.

Mit viel Gefühl pustete er dann. Die Flamme geisterte hoch, das Papier wurde rasend schnell davon zerfressen. Jetzt das Papiertaschentuch! Dünner Rauch stieg auf. Mischa legte das flammende Bündel unter die aufgeschichteten dünnen Holzspäne – und jetzt hieß es Daumen drücken. Er hatte nur diesen einen Versuch. Wenn die Späne nicht auf Anhieb Feuer fingen, dann würde es eine verdammt böse Nacht in Dunkelheit und Kälte werden. Dann – sie fingen Feuer!

Qualmend fraßen sich die Flammen in das Holz hinein und höher, erreichten die nächstdickeren Scheite und dann die Balken. Mischa stieß die Luft aus, schaukelte zurück und ließ sich auf die Kehrseite fallen. Stolz betrachtete er sein Werk, dann zog er die Beine heran, legte die Arme um die Knie und atmete noch einmal durch.

Er starrte in die Flammen.

Rostrot und bernsteingelb und dunkelorange fraßen sie sich über das Holz. Rauch schwelte und wirbelte und wogte zum löchrigen Dach hinauf, quoll träge durch Ritzen und Spalten hinaus. Das fröhliche Knacken und Prasseln des Holzes sorgte automatisch dafür, daß sich Mischa entspannte – und regelrecht wohlfühlte.

Die Finsternis war gebannt! In widerstrebenden Wellenbewegungen zog sie sich zurück, nistete in dunklen Ecken und Nischen – und natürlich im Treppenschacht, den Mischa immer wieder mit einem mißtrauischen Blick bedachte. Ein paar Meter entfernt bildeten wabernde Schatten eine undurchdringliche Mauer. Mischa schloß kurz die Augen. Das heißt – er *wollte* sie nur kurz schließen. Es fiel ihm unglaublich schwer, sie wieder aufzubekommen.

Die zuckende Helligkeit, die Wärme, die Entspannung . . .

Jetzt noch ein saftiges Stück Fleisch, ein paar Brötchen, dazu Senf oder Ketchup . . . und natürlich ein prickelndes Coke, dann wär' die romantische Stimmung perfekt, überlegte er sehnsüchtig. Gedankenverloren beobachtete er das wilde Tanzen und Wogen der Flammen.

Er dachte an Zafasch und dann an Thay-Lee, an Rajd und El Botzo. Wo mochten seine camelonischen Freunde sein? Warteten sie auf ihn? Wenn ja – wo? Wußten sie überhaupt, daß er kam? Und wer hatte sie verständigt? Die Großen Alten vom Goldenden Quell etwa?

Und – wie sollte er sie finden? Denn finden mußte er sie. Die Gedankenstimme, die im Kaufmarkt zu ihm gesprochen hatte, hatte das eindeutig klargestellt: *„Erfülle die zweite Prophezeiung . . . Finde das Tal der Geisternebel. Finde es zusammen mit deinen camelonischen Freunden . . .“* Es kam ihm so vor, als würde er die Stimme wieder hören.

Wo soll ich suchen? Und wie? Die Zeit drängte . . .

Außerdem mußte er erst einmal aus diesem verdammten Turm rauskommen.

Sein Schädel brummte!

Verflixt. Warum diese elende Geheimniskrämerei? Wer sind die Großen Alten? Warum treten sie nicht direkt mit mir in Kontakt? Warum führen sie sich auf wie die Meister der Lüge?

Aber die Antworten darauf wußte er doch! *Sie* hatten vom Verhalten der Meister der Lüge gelernt und boten nun ihrerseits kein Ziel mehr, gegen das man mit vernichtender Wucht losschlagen konnte. Sie waren in den Untergrund geflohen, hatten sich getrennt, um fortan von vielen verschiedenen Orten aus gegen das Böse zu kämpfen. Getrennt leben, vereint zuschlagen, so mußte ihre Devise lauten.

Und warum sie nicht direkt mit ihm Verbindung aufnahmen?

Nun, vielleicht waren die Prophezeiungen eine Art Vorstufe dazu. Vielleicht wollten die Großen Alten erst einmal sehen, wie weit sie sich auf ihn verlassen konnten; und ob er ihr Vertrauen überhaupt wert war. Wie oft hatte es schon Kämpfer gegeben, die in sie gesetzte Hoffnungen nicht hatten erfüllen können, weil sie zu schwach gewesen und den raffinierten Verlockungen des Bösen erlegen waren.

Wie ein blinzelndes rotes Auge leuchtete die Glut des Feuers zu Mischa herauf. Er schreckte aus seinen Überlegungen hoch und lauschte angespannt; aber nach wie vor war abgesehen vom Knacken der Holzscheite und dem leisen Zischen der Flammen alles still.

Mischa fühlte sich unsagbar einsam.

Die Zeit verging; wie ein Verbrecher, der Bestrafung fürchten mußte, schlich sie davon und davon. Die Nacht wurde älter. Heftiger fauchte der kalte Wind durch das löchrige Dach. *UND JENER, DER IN DER TIEFE LAUERTE, BEGANN SICH ZU REGEN . . .*

★

Die Holzscheite verwandelten sich in schwarze Gerippe, zerbröckelten und wurden zu flaumiger Asche. Mischas Gesicht glühte. Gedankenabwesend strich er darüber und wischte dann die Haare zurück; sie knisterten seidig.

Hunger nagte in seinen Eingeweiden, aber diese verhältnismäßig geringe Folter konnte Mischa ertragen. Sein Durst war weit schlimmer. Bereits jetzt hatte er das Gefühl, daß sich seine Zunge in einen aufgedunsenen Lederbatzen verwandelt hatte. Das wird morgen das wahre Problem, sagte er sich. Wenn Zafasch nicht mehr kommt, dann sehe ich alt aus. Verdammt alt. Das Sumpfwasser kann ich nicht trinken; nicht mal abgekocht.

Er gab sich Mühe, auf andere Gedanken zu kommen.

Aber da tobte in einem der tieferen Stockwerke des Schattenturms ein Inferno los!

★

Unfaßbare Gewalten wurden frei, Donner grollte, die Schockwelle der Explosion ließ den Turm in den Grundfasern erzittern und hallte vom fernen Dschungelrand wider – ein grauenhaftes, bestialisches Kreischen und Heulen und Brausen. Steine brachen aus den Wänden, die sich wie eine zähe Gummimasse verzerrten. Staub und Spinnweben und Mörtel regneten in dicken Schwaden aus der Dachkonstruktion herunter – und dann kamen die Balken! Wie monströse Speere rammten sie herunter, lange, morsche Schatten, die mit vernichtender Wucht auf den Boden schmetterten, zer-

barsten, kreuz und quer durcheinanderfielen und einen mörderischen Splitterregen hochspritzen ließen. Das erste Donnergrollen hing noch in der plötzlich stauberfüllten Luft, als Mischa bereits auf den Füßen war; jetzt wieder hellwach. Er hechtete unter einem herabbrechenden Balken hindurch, kam neben dem Feuer geschmeidig und atemlos auf, rollte ab, stand wieder, riß instinktiv einen langen, am vorderen Ende brennenden Scheit aus dem Feuer und hastete zum Treppenabgang des Schachts.

Zeit, die Situation zu erfassen, blieb ihm nicht mehr. Er mußte von hier oben verschwinden, sonst wurde er von den hageldicht herunterstürzenden Balken erschlagen!

Er hastete die ausgetretenen Stufen hinab. Seine Blicke tasteten aufmerksam weit voraus, in die Schatten hinein – aber da war nichts zu sehen . . .

Mit einem verzweifelten Krächzlaut drückte sich Mischa in den nächsttieferen Türdurchgang und sah ganze Mauerteile und ein stacheliges Gewirr von Balken an sich vorbei in die Schachttiefe stürzen. Steine kamen nach. Staubschwaden breiteten sich aus, als würde oben ein bösartiger Kobold sitzen und gigantische Pudermengen herunterschaufeln. Das Krachen und Reißen des Infernos hallte zitternd nach, schien gleichzeitig von oben und von unten zu kommen.

Dann verklang der Aufruhr in einem nervenzerfetzenden Scharren, Knirschen und Rammen – und gleich darauf herrschte eine brüchige Stille. Mischa schob sich behutsam vor. Oben, in der Schachtöffnung, hatten sich Balken verkeilt. Staub sickerte hindurch. Hin und wieder brachen Steine nach, die nicht fest genug verkantet gewesen waren.

Ich muß tiefer runter, bevor alles zusammenbricht, loderte es durch Mischas Verstand. Er stemmte sich ab und eilte weiter, immer im Kreis herum, immer tiefer. Hier, auf der Wendeltreppe, war er einigermaßen sicher – momentan jedenfalls. Er drehte sich kurz um, sah nach oben und wischte sich Staub und winzige Steinkrumen vom Gesicht. Das Chaos beruhigte sich mehr und mehr. Nur ein böses Knirschen hing noch in der Luft. Plötzlich löste sich irgendwo ein Balken und polterte herunter, krachte von einer Schachtwand zur anderen – immer im Zickzack hin und her – und sauste um Haaresbreite an Mischas Kopf vorbei. Unwillkürlich zuckte Mischa zurück, preßte sich gegen die kühle Wand und erwartete schon, die ganze Verkeilung oben würde nachbrechen, aber das geschah nicht. Zwei, drei angstvolle Herzschläge später stand das fest. Aber Mischas Herz hämmerte weiterhin wie ein Preßlufthammer. Er konnte nicht aufatmen – nicht, solange er nicht wußte, was das alles zu bedeuten hatte. Das Grauen, die jähe Todesangst, irrlichterten noch immer in seinen weitaufgerissenen Augen.

Nur widerstrebend legte sich der Staub. Mischa wartete noch ein paar Sekunden ab, überlegte kurz und setzte dann seinen Weg in die Tiefe langsamer fort.

Oben, im Dachstock, mochte es noch so verheerend aussehen – sein Feuer mußte jedenfalls noch brennen, wie er ein paar Augenblicke später überrascht feststellte. Der helle, glostende Widerschein war durch das Gewirr der Verkeilung hindurch deutlich zu sehen. Trotzdem – er würde vorerst nicht dort hinauf zurückkehren. Das Schlimmste war zwar vorbei – wenigstens für den Moment, aber solange er nicht wußte, wer oder was für diesen Aufruhr verantwortlich war, durfte er sich keine ruhige Sekunde mehr gönnen. Nicht auszudenken, wenn er tatsächlich eingeschlafen wäre . . . Dann wäre er nie wieder aufgewacht.

Also ein gezielter Angriff? fragte er sich.

Er würde es herausfinden. Mischa ging weiter und war heilfroh, daß keine zweite Explosion laut wurde, daß die Wände ihre Festigkeit wiedergefunden hatten und sich nicht einfach in ihre Bestandteile auflösten. Aber insgeheim . . . insgeheim rechnete er jeden Augenblick mit einem zweiten Inferno. Mit einem endgültigen Donnerschlag, der auch sein Leben auslöschen würde. Seine Nerven waren zum Zerreißen gespannt. Etwas metallisch Hartes umschloß sein Herz – und drückte unerbittlich zu, immer mehr, immer gnadenloser.

Er spürte, es war gefährlich, in die Tiefe zu steigen.

Also doch – umkehren? Und einfach so tun, als sei nichts gewesen? Einfach abwarten, bis es wieder losging? Nein, das war nicht seine Art. Er hatte Zeit gewonnen, und die wollte er nützen. Das war immer noch besser, als nur Daumen zu drücken.

Weiter! Der Feuerschein seiner provisorischen Fackel warf unruhige Lichtflecken auf die großen Steine der Schachtwände.

Auf Mischas Wange zuckte ein Muskel. Wahrscheinlich die Meister der Lüge, nahm er seine Überlegung von vorhin wieder auf. Bestimmt wollten sie das alte Gemäuer mit einem einzigen Zauber-Handstreich dem Erdboden gleichmachen – und mich damit gleich mit erledigen. Oder – der Anschlag hatte einen anderen, noch schlimmeren Grund.

Sollte er damit gezwungen werden, in die Tiefe hinunterzusteigen?

Die Fragen und Verdächtigungen wollten kein Ende nehmen.

Mischa wischte sie rigoros beiseite. Nein, er wollte da unten jetzt nach dem Rechten sehen. Wer immer da unten war – und egal wo er war . . . er mußte ihn zuerst finden. Dann konnte er sich immer noch entsprechend verhalten. Kämpfen oder sich verstecken . . . Mal sehen, sagte er sich und nagte auf seiner Unterlippe herum.

Oben saß er nur auf dem Präsentierteller.

Das war zu billig. Nicht mit mir! Entschlossen ging er weiter.

In der Tiefe im Schacht schien etwas zu atmen – ein riesenhaftes Wesen, etwas Gigantisches, unvorstellbar Gefährliches, das gierig allein darauf lauerte, daß er näher kam –

Mischa schob auch den Gedanken beiseite. Ganz gespannte Aufmerksamkeit, schlich er weiter, immer dicht an der Rundmauer entlang. Seine Knöchel traten weiß hervor, so fest hielt er die Fackel in der Rechten.

Die obere Schachtwand wurde zu einem nur mehr schwach erkennbaren Kreisausschnitt, hinter dem es schwach flackerte. Ich hätte neues Holz aufs Feuer legen sollen, durchfuhr es ihn. Aber jetzt war er schon zu weit hinuntergestiegen, um noch einmal umzukehren.

Er zählte die Stufen. Bei hundertfünfzig hörte er auf. Immer im Kreis herum ging es tiefer. Die Wendeltreppe mußte endlos sein. Eine beklemmende Vorstellung . . .

Da hörte Mischa das Stöhnen!

Es war eine menschliche Stimme – oder zumindest ein Wesen, das eine menschliche Stimme täuschend echt nachahmen konnte!

Mischa hielt die Fackel wie ein Schwert vor sich. Das Leuchten und Flammen leckte über schmierige, düstere Wände. Dann sah Mischa die Rauchkringel: etwa zehn Stufen weiter unten quollen sie aus einem schmalen Durchlaß, der in das Gewirr der Kammern und Gemächer führte. Die Kringel breiteten sich lautlos aus, schlängelten sich wie dünne Fahnen hoch und schwebten im frostigen Dunst des Treppenschachtes.

Mischa schnupperte. Es roch nach Schwefel!

Das hatte nichts Gutes zu bedeuten!

Entschlossen pirschte er weiter. Das Stöhnen erklang ein zweites Mal. Mischas Nerven drohten zu reißen, so stark war die Anspannung geworden. Bereit, sofort herumzuwirbeln und in die Finsternis und das verwirrende Labyrinth der Turmkammern hinein zu fliehen, schob er sich an den Durchlaß heran. Noch fünf Stufen. Noch vier. Drei. Zwei. Noch eine Stufe. Mischa blieb stehen, wartete, lauschte und schloß kurz die Augen. Das Prasseln seiner Fackel kam ihm verräterisch laut vor. Er sah kurz hoch. Oben war das Leuchten seines Feuer schwächer geworden – bald mußte es ganz erlöschen, und dann . . .

Finsternis!

Auch seine Fackel würde nicht ewig brennen.

Zuvor mußte er wissen, was hier unten passiert war. Er gab sich einen Ruck, federte in den drohend gähnenden Durchlaß hinein und schleuderte die Fackel von sich. Zischend prallte sie auf den steinübersäten Boden. Mischa stand zu der Zeit bereits wieder sicher gegen die innere Mauer der Kammer gedrückt.

Ein Angriff erfolgte nicht.

Nur diese nervösmachende Stille herrschte. Die Fackel verstrahlte ihre zuckende Helligkeit.

Mischa sah sich um. Die Turmkammer war – leer. Er entspannte sich geringfügig, durchquerte den Raum, und seine Nerven vibrierten wie Überlandstromleitungen im Hochsommer. Nachdem er sich lauernd umgesehen hatte, hob er die Fackel auf.

Wenn hier jemand auf ihn lauerte, dann hatte er ein perfektes Nervenkostüm, dann ließ er sich durch nichts aus der Ruhe bringen und wartete eiskalt auf die günstigste Gelegenheit . . .

Der Qualm.

Jetzt sah er ihn wieder. In dünnen Schwaden kräuselte er sich über den Boden, kroch um Steinbrocken und Schutthaufen herum und wogte zum Durchlaß.

Mischa hob die Fackel hoch. Die Helligkeit vertrieb die Finsternis auch aus den entferntesten Ecken des verwinkelt angelegten Raumes.

Und in einer dieser Ecken kauerte – *er!*

★

Sein Gesicht war eine Fratze!

Die Augen waren wie Flußsteine – groß und blank und ohne jedes Leben. Die ganze massige Gestalt qualmte, als habe sie gerade noch in hellen Flammen gestanden – als sei

sie von der Hölle ausgespuckt worden.

Aber das konnte unmöglich sein! Weil derjenige, der da völlig verstört kauerte, niemand anders war als . . .

„Rajd!" flüsterte Mischa total ungläubig. Und dann, als die Überraschung zersplitterte und einer schockartigen Angst um seinen camelonischen Freund Platz machte, schrie er seinen Namen: „Rajd!" Er stürmte los, ließ sich neben dem Verspielten König auf die Knie fallen, legte die Fackel achtlos neben sich und schüttelte seinen Freund.

Keine Reaktion.

Mischa hätte genausogut eine Stoffpuppe schütteln können. Er zog die Hände zurück, als hätte er sie verbrannt.

Fassungslos kniete er vor dem sitzenden Rajd und starrte ihn an. Die Flammen der Fackel beleuchteten das totenbleiche und normalerweise gutmütig und selbstzufrieden dreinblickende Vollmondgesicht. Die Haut war nicht verletzt – obwohl sie noch immer qualmte.

Mischa war momentan mit seinem Latein wirklich am Ende. Was sollte er tun? Wie konnte er seinem Freund helfen? Warum saß Rajd nur so da? Wie kam er überhaupt hierher?

Seine Hände waren ineinander verkrampft. Die prächtige Kalifenkleidung war hier und da von Rußflächen überhaucht und eingerissen. Der farbenprächtige, riesige Turban, den er stets so keck über die kurzgeschorenen, schwarzen Haare gestülpt trug, lag wie eine zermatschte Melone eine Armeslänge von Rajd entfernt.

Stille herrschte. Rajd rührte sich nicht. Dafür qualmte er weiterhin aus allen Poren, und die Schwaden stahlen sich über den Steinboden davon und hinaus, in den Treppenschacht.

„Rajd, verflixt! Was ist denn!" Mischa versuchte es wieder und schüttelte seinen Freund, daß dem die Zähne aufeinanderklackten. Mehr erreichte er allerdings nicht. Und das Schütteln war bei Rajd gar nicht so einfach, denn obwohl er das sonnige Gemüt eines Lausbuben hatte, war er doch bereits stolze 17 Lenze alt und ein Brocken von einem Jungen: groß und breit in den Schultern und mit einem gewaltigen Bauch, den er unter seinen langen, wehenden Kalifenkleidern geschickt tarnte. Groß war er von Natur aus; den Bauch allerdings hatte er sich konsequent angefuttert. Außer der Zauberei und der manchmal schon fanatischen Beschäftigung mit allem, was auch nur nach Magie roch – daher sein „Ehrentitel" Verspielter König – kannte er nämlich nur noch zwei andere Hobbys . . . Das eine war Essen aller Art, das andere Abenteuer. Und beide praktizierte er genau in dieser Reihenfolge. Für letzteres – das mußte man zu seiner Ehre hinzufügen – hatte er sogar sein Königreich verlassen. Was er tat, das tat er richtig.

Wie jetzt zum Beispiel das Stumm-und-Starr-dasitzen.

Mischa tätschelte Rajds Wangen. Er wischte mit beiden Händen dicht vor den Augen seines Freundes hin und her. Er schüttelte ihn wieder.

Noch immer keine Reaktion!

Rajd schien nur körperlich hier zu sein, während sein Gesicht in weiten Fernen gefangengehalten war!

Oder war es eine Falle! Hatte man Rajd als Köder benutzt, um ihn, Mischa, in diese Falle zu locken? War Rajd nur eine Vision?

Den Meistern der Lüge traute Mischa so gut wie alles zu, die arbeiteten mit jedem schmutzigen Zaubertrick.

Er wich von Rajd zurück. Für Sekunden hatte er seine Umgebung tatsächlich völlig außer Acht gelassen – eine tödliche Vernachlässigung. Jetzt holte er das Versäumte blitzartig nach. Ein schneller Rundblick: keine unheimlichen Feinde hatten sich an ihn herangeschlichen. Die Kammer war nach wie vor leer. Geräusche waren außer seinem und Rajds Atmen nicht zu hören.

Das langgezogene nächste Stöhnen ließ Mischa wieder herumfahren.

Rajds Hände ruckten hoch, blieben zitternd in der Luft hängen – und bewegten sich wieder, als dirigiere er ein Geisterorchester. Dann tasteten sie zu seiner Stirn hinauf und über die ebenfalls qualmenden Haare. Mischa beugte sich wieder vor.

„Rajd? Erkennst du mich? Ich bin es, Mischa. Rajd, sag doch was! Wie kommst du hierher?"

Er packte ihn an der Schulter, und seine Finger schlossen sich wie ein Schraubstock über dem weichen Fleisch.

Das half!

Das Leben und die Intelligenz kehrten in Rajds gutmütige Augen zurück. Sein Mondgesicht zuckte wie ein Wackelpudding, durch den man Stromstöße jagte. Dann klappte der Mund auf – und heraus fauchte ein neuerlicher Schwall Rauch. Mischa hüstelte und wedelte den Qualm weg.

„Muß . . . wohl . . . eine Prise Donnerkraut zuviel ins Feuer geschmissen haben . . .", ächzte Rajd – ganz mit sich selbst beschäftigt. „Nie wieder . . . Nie wieder zaubern!" Wieder ein Stöhnen. „Och, ist mir schlecht. Ist mir üüüüübeeeellll!" Er kippte nach hinten – und wurde von der Wand gestoppt. Mit glasigem Blick starrte er umher.

Und sah erst jetzt Mischa. Die Wirkung darauf war sagenhaft. Er zuckte zusammen. Er fuhr halb aus seiner hockenden Stellung hoch, schlug sich den Kopf an der niederen Decke an, plumpste wieder auf seinen Allerwertesten hinunter – und sonderte gleich noch mehr Qualm ab. Dann ächzte er theatralisch: „Wo bin ich? Etwa in der Hölle? Geister und Dämonen! Und wer bist du . . .? Du bist nicht Mischa! Gütiger Vurgazzan! Weiche, Dämon! Weiche!"

Abwehrend streckte er beide Hände vor – Hände, die so groß wie Bratpfannen waren. Wie von Sinnen fuchtelte er herum. Seine fleischigen Lippen murmelten Zaubersprüche – oder besser: sie wollten Zaubersprüche murmeln, dann fiel ihm offenbar ein, daß er gerade geschworen hatte, selbiges nie wieder zu tun.

Er klappte den Mund zu.

Mischa hatte amüsiert abgewartet. Jetzt, da Rajd wieder ganz der Alte war, war Mischas Erleichterung unbeschreiblich. Er hätte sich zurücklehnen und stundenlang abwarten können, bis der Verspielte König wieder ganz klar war. Seine Sorge um ihn, die Angst, daß ihm etwas Grauenhaftes zugefügt worden war – sie war verpufft wie Schießpulver im Feuer.

Rajd starrte ihn an.

„Sag doch was?" keuchte er bibbernd. „Oder ich – ich zaubere doch wieder! Bist . . . bist du ein Gespenst aus der siebten Hölle? Oder aus der achten?"

„Mußt du mich jedesmal so empfangen!" beschwerte sich Mischa kopfschüttelnd, und jetzt konnte er sich ein Grinsen doch nicht mehr verdrücken. „Als ich dich in der Oase Amrithsir befreit habe, da war auch das erste, was du von mir wissen wolltest, ob ich ein Geist sei! Mensch – klar bin ich kein Geist. Ich bin Mischa. Dein Freund. Erinnerst du dich noch? Und bitte – mach bloß deine Drohung nicht wahr! Nicht zaubern – bitte nicht! Wir sitzen schon tief genug in der Tinte!"

„Tinte? Ich seh keine!" Dann begriff er, nickte gönnerhaft und ließ ein überlegenes Lachen hören. „Du – du bist es wirklich und wahrhaftig. Au, Mann, bin ich froh! Äh, ich meine –" Seine Miene verfinsterte sich.

Mischa wurde ebenfalls ernst. „Und du? Bist du es auch wirklich? Wie kommst du hierher? Ich meine – außer durch eine deiner Zaubereien . . ."

Rajds Äuglein rollten. Eindeutig, daß er nach einem Fluchtweg Ausschau hielt, für alle Fälle. Er ließ sich dementsprechend Zeit mit seiner Antwort. Seine Hände tasteten über die verkokelten Haare, dann über die nicht mehr gerade salonfähige Kleidung und schließlich nach einem dünnen, elfenbeinweißen Stab, der ebenfalls nicht weit entfernt am Boden lag.

Auch von diesem Stab ging das Rauchen aus.

„Du hast also wieder gezaubert –", stellte Mischa fest, um ihm den Anfang zu erleichtern.

„Das letzte Mal! Großes Kalifenehrenwort!" sagte Rajd im Brustton der Überzeugung, und dabei warf er sich unwillkürlich in die Brust, was ihn gleich darauf den Mund verziehen ließ. „Autsch! Au, tut das weh! Wer hat mir in den Allerwertesten getreten? Ohhh . . ." Er verstummte, richtete sich nach einem forschenden Blick auf Mischa vorsichtig auf, nahm seinen Turban, beulte ihn aus und drückte ihn sich entschlossen auf den Kopf. Wieder schielte er zu dem länglichen Stab hin.

Klar, daß das ein Zauberstab war.

Mischa lächelte in sich hinein und tat so, als hätte er Rajds Blick nicht bemerkt. Als sich sein Freund bückte, kam er ihm zuvor und hob den Stab auf. „Ah, sieh mal, was ich da gefunden habe."

„Äh – ja . . ." Noch immer starrte Rajd Mischa durchdringend an und gab seine angespannte Haltung nicht auf. „Bist du's wirklich?" Er traute dem Frieden nicht.

„Ich meine", fuhr er dann fort, „du hast mehr Grund, dein Hiersein zu erklären, als ich. Ich kann zaubern. Aber du? Wie kommst du hierher? Nachdem du dich aus der Oase wie ein Dieb davongemacht hast, obwohl wir doch abgemacht hatten, daß wir gemeinsam nach dem Tal der Geisternebel suchen. Du hättest uns wenigstens sagen können, daß du nichts mehr mit uns zu tun haben willst! Aber einfach nur verduften –" Er schüttelte rügend den Kopf.

„Rajd, ich erklär' dir alles . . . Ich versprech's dir! Aber sag mir jetzt endlich, warum du hier bist. Warst du für den Donnerknall verantwortlich? Für den ganzen Aufruhr? Es ist wichtig, Rajd. Wenn du das nämlich nicht warst, dann muß hier noch jemand rumschleichen – kapiert?"

„Rumschleichen? Wo denn – hier? Sind wir etwa nicht im –"

„Doch, gerade deshalb. Wir sind im Schattenturm."

Ein Aufleuchten huschte über Rajds Gesicht. „Ziel stockvoll erwischt. Mann! Das leitet eine neue Ära meiner Zauberkunst ein . . ."

Als er Mischas ernstes Gesicht sah, verstummte er. „Klar war ich der Knaller. Ich muß eine Prise Donnerkraut zuviel genommen haben . . . Aber Schwamm drüber. Was zählt, ist das Ergebnis. Ich bin hier!"

„Komm. Gehen wir nach oben. Und dann erzählst du." Mischa tippte seinen hünenhaften Freund leicht am Ellenbogen an und nickte mit dem Kopf zum Durchlaß hinüber. Die Fackel würde nicht mehr zu lange brennen, und Mischa wollte wieder im Dachstock oben sein, bevor das der Fall war.

„Ja. gut. Einverstanden. Aber meine Freude laß ich mir nicht verbieten. Heureka! Es hat geklappt. Ich bin hier . . ."

Unterwegs plapperte Rajd weiter, er konnte es sich nicht verkneifen. Und das war für Mischa der endgültige Beweis, daß er es hier tatsächlich mit seinem Freund und nicht mit einem Scheinlebewesen der Meister der Lüge zu tun hatte.

So gut konnte man den Verspielten König einfach nicht nachahmen. Die Hektik, die Begeisterung für Zauberei im Allgemeinen und für seine Zauberkünste im Speziellen, brachte nur er selbst zustande.

„ . . . mußt nämlich wissen, daß ich den Hinweis von El Botzo bekommen habe", erzählte er soeben. „Und der hat ihn wiederum von einem gewissen Morgner. Daß ich nämlich unbedingt hierher, in den Schattenturm, kommen müßte, weil's hier eine Sachlage zu klären gäbe – und weil das nur ein so begnadeter Magier wie ich schaffen konnte. Und überhaupt . . . Aber – äh – ich meine . . . Daß ich dann dich hier finde, das haut dem Faß den Boden aus.

Bist du auch per Zeitlosem Hüpfer hierhergekommen? Wie ich? Du erinnerst dich doch noch daran? Gerade noch ist man hier – und im nächsten Moment – Zack! – schon dort, wo man hinwill!" Wieder warf er sich in die Brust; dann sprudelte er weiter: „Vorausgesetzt natürlich immer, man beherrscht die Hohe Kunst des Zauberns – wie ich! Äh . . . Naja. Ich bin jedenfalls hier. Und du auch. Obwohl draußen doch überall Sumpf ist. Also, das MUSST du mir erklären."

„Tu ich, tu ich!" versprach Mischa wieder. „Aber zuerst erklärst du mir noch was. Diesen Zeitlosen Hüpfer . . . beherrscht du den wirklich total? Ich meine – können wir damit von hier verschwinden? Garantiert?"

„Äh . . ." So ähnlich sah es aus, wenn aus einem Wasserball die Luft entwich. Rajd wurde unsicher, verhaspelte sich – und das wollte bei ihm schon einiges heißen. „El Botzo . . . Er hat mir ein bißchen unter die Arme gegriffen. Aber nur ein winzigkleines bißchen." Treuherzig blickte er Mischa von der Seite her an.

„Kurzum", räumte er ein. „Wir kommen hier nur mit El Botzos Hilfe wieder raus – jedenfalls, wenn wir das mit dem Zeitlosen Hüpfer versuchen."

„Oje!" Rajd zuckte zusammen und klatschte sich eine Hand auf die Stirn. „Daran hab' ich ja gar nicht gedacht! Ich dachte nur: Leg so schnell wie möglich los, es ist wichtig – Ich meine: weil das ja dieser Morgner und El Botzo behauptet haben. Und mehr Hinweise gab's ja nicht, nur, daß ich hierher sollte und – Ohje!"

„Und wo ist El Botzo?" stellte Mischa die Frage aller Fragen.

Rajd drehte sich unbehaglich um und schnupperte. „Hier jedenfalls nicht. Nicht mal unsichtbar. Man würde ihn riechen", setzte er in einem geflüsterten Verschwörerton hinzu.

Mischa konnte nicht so recht darüber lachen, denn damit war seine jähe Hoffnung wie eine Seifenblase zersprungen.

„Dann sitzen wir jetzt also beide hier drinnen fest", zog er einen Schlußstrich.

„Hör mal, immerhin bin ich ja auch noch wer! Obwohl . . . Dieses Festsitzen gefällt mir nicht, weil ich nämlich einen Bääääarenhunger habe!“ Er schlug die linke Faust in die offene rechte Hand. „Daß ich aber auch vergessen habe, was einzupacken! Unverzeihlich! Ich muß unbedingt –“

Weiter kam er nicht, denn in diesem Augenblick griff der unheimliche Gegner aus der Tiefe an!

★

Ein schwarzer Blitz peitschte durch den Durchlaß – und raste auf die Freunde zu!

Mischa erfaßte die Situation mit gewohnter Schnelligkeit, packte Rajd und zerrte ihn mit sich, zur Seite. Um Haaresbreite schoß der schwarze Riesententakel an dem Verspielten König vorbei und rammte weiter hinten im Raum gegen die Mauer. Steine wurden zermalmt, Splitter spritzten durch die Luft, und *jetzt* wußte Mischa, wie die vielen Löcher überall in den Mauern des Schattenturmes entstanden waren!

Die Panik wollte ihn lähmen!

Er hatte sich doch nicht getäuscht! Da unten, in der Tiefe des Schachts *hatte* etwas gelauert und zu ihm hochgeglotzt!

Für Selbstvorwürfe blieb keine Zeit mehr.

Ein zweiter Tentakel raste lautlos heran. Große violette Saugnäpfe schillerten bösartig. Winzige Münder öffneten und schlossen sich. Mischa schlug mit seiner Fackel nach dem Untier. Ein Aufschrei gellte aus der Tiefe des Schachts empor, als er traf.

„Los, weg da! Da vorn kommen wir nie raus!“ Mischa zog Rajd mit sich. Der Verspielte König erholte sich erst jetzt von seinem Schrecken. Gemeinsam rasten die Freunde durch die Finsternis, und Mischa hörte das grauenvolle Schleifen und Schaben hinter sich, mit dem die Tentakel über den Boden schlängelten.

Wohin?

Gehetzt blickte sich Mischa um. Der Steinhaufen . . . Dort

war die Decke heruntergebrochen. Das bedeutete: wenn Rajd und er Glück hatten, dann war das Loch groß genug, daß sie sich ins nächsthöhere Stockwerk hindurchquetschen konnten.

Mischa erreichte den Haufen als erster und kletterte hinauf. Dann war er Rajd behilflich, der nicht so schnell und wendig war. Unten räumten die beiden Tentakel bereits die ersten großen Steinbrocken beiseite, als wären es nur Pappkügelchen. Von der Tür her schleiften drei, vier weitere Tentakel heran.

Mischa untersuchte die Decke über sich. Da – da war der Spalt, ein gezacktes Etwas, das sich über die ganze Decke zog. Hier war der Durchgang zur nächsthöheren Etage des Turmes.

„Los! Du zuerst!"

„Aber ich kann nicht . . . ich bin zu dick – ich –"

„Du kannst. Warte, ich helfe dir." Mischa verschränkte seine Hände ineinander und bedeutete Rajd, in die provisorische ‚Trittleiter' hineinzusteigen. Als er es schließlich widerstrebend tat, ging Mischa ächzend in die Knie. Aber er stemmte sich wieder hoch. Unter seinen Füßen kullerte Steingeröll weg, und für einen Augenblick befürchtete Mischa schon, daß er dadurch das Gleichgewicht verlieren könnte . . .

Er drückte Rajd hoch.

„Halte dich fest . . . Hilf mit!" kommandierte Mischa kurzatmig. Rote Ringe zitterten vor seinen Augen. Das Bersten und Schleifen und Krachen unten wurde immer lauter . . . Der erste Tentakel kroch den Steinhaufen herauf. Es wurde knapp! Verdammt knapp!

Rajd zappelte in dem Spalt, keuchte und ächzte und kam nur millimeterweise höher. Viel zu langsam. Mischa holte tief Luft, federte leicht in die Knie und ruckte hoch. Der Stoß katapultierte Rajd buchstäblich hinauf. Stoff ratschte, ein langgezogenes, entrüstetes Fluchen wurde laut – aber dann war Rajd in Sicherheit.

Der Tentakel fauchte heran, wie von einem unsichtbaren Peitschenkünstler geführt.

Mischa ließ sich einfach fallen. Kopfüber rollte er den Haufen auf der anderen Seite hinunter – überschlug sich, kam auf dem Rücken zu liegen und hatte das Gefühl, die Luft sei in brennendes Magma verwandelt. Würgend stemmte er sich hoch – und sah, daß auch hier die Tentakel bereits herankrochen!

Das Entsetzen schickte einen frostigen Schauer in sein Gehirn. Das belebte. Mischa kam auf die Füße, wich einem neuen Schlag aus, krabbelte den Abhang hinauf und versengte sich dabei die Finger an seiner Fackel. Er hatte sie nicht losgelassen, keine Sekunde lang! Jetzt konnte er sie gebrauchen.

Der nächste Tentakel rammte heran!

Mischa biß die Zähne zusammen, daß es nur so knirschte – und schlug zu! Funken sprühten! Flammenzungen leckten brodelnd empor. Die schwarze Haut des Tentakels verfärbte sich grau und warf häßliche Blasen. Von irgendwoher gellte ein grausiger Schrei, dann wurde ein Toben und Brüllen laut, das Mischa den Atem raubte. Was für ein Gigant mußte das sein, daß er derartige Geräusche verursachen konnte!

Steine wurden zermalmt! Etwas Ungeheuerliches walzte über die schmalen Treppenstufen herauf!

Jedenfalls hörte es sich so an!

Mischa kämpfte den Kampf seines Lebens! Wieder hastete er den Schutthaufen empor, und wieder zischten die Tentakel heran – aus allen Richtungen diesmal.

Mischa ließ sich nicht mehr aufhalten. Er schlug mit der Fackel zu, hieb wie von Sinnen um sich, und spürte und hörte, wie der lodernde Scheit auf weiches Fleisch traf, wie er schwarze, leicht schuppige Haut verkohlte. Bei jedem neuen Schlag zischte und puffte es, und das Schreien und Toben im Treppenschacht draußen steigerte sich in gleichem Maße ins

Unerträgliche. Flammenzungen loderten hinter der Fackel her, als sie Mischa wieder kreisen ließ, ein zischender Feuerschweif entstand, dann peitschte er gegen Tentakelhaut . . .

Und damit war eine vorläufige Entscheidung gefallen!

Die wimmelnden, wirbelnden, schlangenähnlichen Dinger zogen sich zurück!

Mischa versuchte, den beizenden Gestank zu ignorieren und kletterte weiter nach oben. Steine polterten unter seinen hastigen Schritten weg, kullerten hinunter. Staub wogte und vermischte sich mit der Gestankwolke.

Rajds Gesicht war ein bleicher Schemen in dem dunklen Spalt. Er lugte voller Besorgnis zu Mischa herunter.

„Hinter dir! Aufpassen!" brüllte er.

Mischa hechtete nach vorn, und das Große, Lange, Tödliche schrammte über seinen Rücken – und zog sich kringelnd wieder zurück. Im Nu war Mischa wieder auf den Füßen. Ein gewaltiger Satz, ein panthergleiches Abschnellen – dann war er endgültig wieder auf dem Gipfel des Steinhaufens. Keuchend warf er Rajd die Fackel zu. Der Verspielte König fing sie geschickt und zog sich zurück.

Mischa sprang hoch. Seine Finger fanden Halt, er krallte sich fest. Dann ein hektisches Luftschnappen – ein Klimmzug – und er war oben.

„Meinen Zauberstab! Hast du meinen Zauberstab?" hechelte Rajd.

„Ja. Hier." Mischa richtete sich auf und klopfte auf die Stelle, wo der Stab hinter seinem Gürtel steckte.

„Den Lichtmächten sei Dank!"

„Red' nicht! Lauf!"

Sie spurteten los, durchquerten zwei Nebenkammern, hörten aus dem Stockwerk unter sich das berserkerhafte Wüten der Tentakel, das sinnlose Zertrümmern und Zermalmen von Gestein.

Jeden Moment mußten die langen Arme des Ungeheuers auch hier oben auftauchen! Daran zweifelte Mischa keine Sekunde lang! Das hier war ein Wettlauf auf Leben und Tod!

Wenn sie nicht schnell genug ins Treppenhaus hinaus- und dann nach oben kamen, waren sie verloren! Dann würden sie von den Tentakeln geschnappt und unweigerlich in die Tiefe gezogen werden . . . Hinunter zu jenem, der dort hungrig lauerte!

Mischa war als erster an der Türöffnung, die in den Treppenschacht hinausführte. Er bremste ab, gab Rajd mit einem herrischen Wink das Zeichen, daß er sich hinter ihm halten solle und horchte. Draußen war alles still – verdächtig still.

Aber für taktische Überlegungen durften die Freunde keine Zeit verschwenden.

Mischa wußte: sie mußten es riskieren – auf Kopf und Kragen!

Die Entscheidung wurde ihnen leicht gemacht!

Links und rechts neben ihnen wölbte sich der Boden unter mörderischen Rammstößen nach oben – und platzte auf. Tentakel schossen in irrsinniger Raserei heraus, räumten Steine weg, peitschten nach Rajds Füßen und schlängelten sich darum fest!

Mischa rammte die Fackel darauf hinunter!

Rajd kam frei, torkelte und wurde von Mischa abgefangen und in den Treppenschacht hinausbugsiert. Die Tentakel gingen auf vorsichtige Distanz – das war Mischas Chance!

Mit einem grotesken Satz sprang er über einen hinweg und war ebenfalls draußen und folgte Rajd, der bereits die Stufen hinaufhastete.

Jetzt brandeten die Schreie wieder los – schlimmer als je zuvor! Zorn, grenzenloser Haß, unbeschreibliche Wildheit; ein aberwitziges Toben und Heulen und Kreischen erfüllte den Schacht, hämmerte als betäubendes Echo wider und wider . . . Und übertünchte das Schleifen und Scharren und Zerren, das sich aus der Tiefe näherte!

Und noch mehr Tentakel schwebten aus der Tiefe heraus!

Der erste kroch dicht hinter Mischa über den Rand der

schmalen Wendeltreppe und glitt hinter ihm her!

Der nächste folgte dichtauf!

Verzweifelt hetzte Mischa weiter. Die Fackel drohte zu erlöschen. Rauch kräuselte sich in der Luft.

Immer mehr Tentakel kamen und quollen über den Treppenrand. Jetzt wurde Rajd auch darauf aufmerksam – und stieß einen entsetzten Schrei aus. Beinahe wäre er über seine sichelförmigen Schuhe gestolpert. Mischa war im nächsten Moment bei ihm, packte ihn und zerrte ihn weiter. Gemeinsam hasteten sie die Stufen hinauf. Und mit jedem Herzschlag hämmerte es in Mischas Gehirn: Und dann? Was, wenn wir oben sind? Wohin sollen wir dann noch fliehen? Das Ungeheuer hat uns schon so gut wie sicher!

Die Tentakel schmetterten gegen die Treppe, fetzten sie auf, schleuderten die Steine davon. Die steinerne Konstruktion schwankte. Mischa und Rajd sahen nicht zurück. Sie wußten auch so, was für ein Anblick sich ihnen da bot. Weiter! Weiter! Hinauf!

Krachen und Bersten erfüllte den Schacht.

Dann hatten es die Freunde geschafft: sie erreichten den Dachstock, quetschten sich mühselig durch das Balkengewirr, das hier den Weg versperrte – und hatten einen geringen Vorsprung herausgeschunden.

Das Feuer war fast am Verlöschen. Mischa rannte hin, ging in die Hocke und pustete die Flammen zu neuem Leben hoch. Die Panik wütete wie ein reißendes Monstrum in seinen Eingeweiden. Daß er noch überlegt handeln konnte, überraschte ihn selbst.

Aber aufgeben, das war für ihn nicht drin!

Rajd brachte einen Armvoll dünner Holzscheite. Mischa stapelte sie auf die hochleckenden Flammen und behielt den Schachtrand im Auge.

Das Feuer loderte hoch . . .

Und da kamen sie, die Mord-Tentakel . . .

Zahllose!

Sie schmetterten die Balken-Verkeilung beiseite, räumten sie mit wuchtigen, trümmernden Schlägen weg, daß Holz splitterte und krachte und buchstäblich zu feinem Staub zermahlen wurde. Steine zerplatzten. An vier, fünf Stellen brachen weitere Tentakel durch den Boden!

Das ist das Ende! dachte Mischa verzweifelt.

★

Enttäuschung stand auf ihren Gesichtern. Dazu namenloses Grauen. Aber während Rajd wie gebannt auf die Tentakel starrte, suchte Mischa schon nach einem neuen Ausweg. Von hier oben kamen sie nicht mehr weg – also Schluß mit der Flucht. Anfang der Verteidigung bis aufs Messer.

Er ruckte hoch, mit einem unterarmdicken Holzscheit in der Faust. Das vordere Ende hatte bereits Feuer gefangen, und die Flammen knisterten und prasselten nachdrücklich.

Mischa kreiselte herum. Rajd wich ihm aus, holte sich ebenfalls eine Fackel – und zeigte damit, daß auch er entschlossen war, bis zum letzten Atemzug zu kämpfen.

Das würde auch nötig werden.

Der keuchende Atem in der Schachttiefe wurde lauter – und gieriger. Dutzende weiterer Tentakel erhoben sich zitternd und suchend über den Schachtrand, und es kamen noch immer welche nach.

Was für eine Bestie saß da unten?

Blubbernd und schmatzend krochen die Tentakel vor. Jetzt ließen sie sich Zeit.

Das nützte Mischa. Er trat vor, streifte sich die Silberkette über den Kopf und hielt den Zauberstein mit der linken Hand. Beinahe verächtlich schleuderte er die Fackel zu Boden. *Diese* Waffe würde nichts nützen – nicht genug.

„So", murmelte er. „Und jetzt, verehrter Zauberstein, zeig, daß du deinen großartigen Namen zu Recht trägst! Ich weiß, daß man deine Macht, deine Energien steuern kann . . . Ich weiß bloß nicht, wie. Noch nicht. Aber das hier gibt einen recht guten Anfang ab, meinst du nicht auch. Tschool hat sich damals verraten . . . Auch der Erbe muß zuerst einmal lernen, die Macht zu handhaben . . . Weißt du noch? Okay, fangen wir also an mit der ersten Lektion . . . Tu etwas! *Irgend etwas!*"

Und Mischa ging den wimmelnden, scharrenden, schleifenden Tentakeln entgegen. Rajd versuchte ihn festzuhalten, doch er schüttelte seine Hand mit einer unwilligen Bewegung ab.

Hier half nur noch die Flucht nach vorn.

Rajd sagte etwas, doch Mischas Ohren waren von einem dumpfen Brausen erfüllt; er hörte nichts anderes.

Noch fünf Schritte trennten ihn von den verharrenden Tentakeln. Der Zauberstein erwärmte sich. Pulsierte. Zuerst glühte er dunkelrot, wie geronnenes Blut. Dann wurde sein Strahlen kräftiger; er wechselte die Farbe. Aus Rot wurde Violett. Aus Violett ein stechendes Hellblau – kalt wie Eis! Ein geisterhaftes Glimmen.

JETZT! dachte Mischa, als die Tentakel gleichzeitig heranrasten – zahllose, wurmähnliche Schnüre, dicke und dünne, schillernde und stumpfschwarze . . .

UND DER ZAUBERSTEIN GEHORCHTE!

Eine grelle Blitzentladung fauchte aus Mischas Händen hervor, verästelte sich, bildete ein Netzwerk gleißender Helligkeit, die sich rasend schnell weiter verbreitete. Der Zauberstein entfesselte seine Macht. Knistern erfüllte die Luft. Die Balken ringsum fingen in einem wilden, zischenden Auflodern Feuer. Im Nu stand die gesamte verbliebene Dachkonstruktion in Flammen. Rauch wogte. Mischa rührte sich nicht vom Fleck. Er war wie betäubt, und der Zauberstein führte ein unheimliches Eigenleben.

Sein Pulsieren wurde heftiger: ein gewaltiger Herzschlag, ein wildes Aufbäumen und Ausspucken von Kraft – von purer blauschillernder und flammender Energie . . .

„Die Magie ist ein zweischneidiges Schwert, Mischa . . .

Vergiß das niemals . . .", wisperte eine boshafte, leise Stimme in seinen Gedanken. Die Stille, die auf diesen Satz folgte, hallte fürchterlich nach. „Auch der Zauberstein hat mit Magie zu tun . . .", erklang die Stimme wieder. „Kennt man sich nicht damit aus, weiß man sich nicht zu SCHÜTZEN, so mag es sein, daß sich die Macht der Zauberei gegen jenen wendet, den sie schützen soll . . ." Ein leises Lachen wehte durch seinen Verstand. „Und lernt ihr Menschen aus euren Märchen nicht, daß man sich niemals mit dem Teufel auf einen Handel einlassen soll? Niemals . . . Niemals . . . Denn letztendlich weiß dieser einen jeden Handel zu seinen Gunsten zu nutzen . . . Zu seinen Gunsten . . .", hallte es in ihm mit verheerender Wildheit und Bösartigkeit.

„Aber du wolltest ja lernen . . . lernen . . . lernen", geiferte gleich darauf die Flüsterstimme weiter. „Nun gut – wohlan – lerne – lerne deine erste Lektion!" Und die Stimme explodierte in ein tobendes Hohnlachen – und die Realität hatte Mischa wieder. Dämonische Mächte flüsterten auf ihn ein, kicherten, schrien und kreischten – und ringsum tobte eine Flammenhölle.

Schwarze Schatten wirbelten und peitschten darin – die Tentakel! Aus der Tiefe erklang tierhaftes Brüllen. Das Inferno war komplett.

Mischa zog sich zu Rajd zurück.

Der sah ihn an wie das zehnte Weltwunder.

Rauch vernebelte alles. Die Tentakel wurden von gierigen blauen Flammen zerfressen und tobten noch als schwarz skelettierte Schnüre in kreischender, blinder Zerstörungswut umher. Steine wurden aus dem Boden hochgefetzt . . . Balken wurden aus dem lichterloh brennenden Dach gerissen . . .

Mischa schob Rajd durch die Flammen und zum durchlöcherten Teil des Daches hinüber.

„Los! Da hinaus!" wies er an.

„Aber ich bin nicht schwindelfrei!"

„Du hast auch keine feuerfeste Haut! Also los!"
„Aber damit schieben wir es doch nur auf –"
„Wir müssen da hinaus. Irgend etwas sagt mir das. Mach schon. Bitte, Rajd! Wenn wir hier drinnen bleiben, brauchst du dir über deinen Hunger keine Gedanken mehr zu machen."
Das Flappen hörte Mischa im gleichen Sekundenbruchteil. Er ahnte, was es bedeutete, aber er begriff nicht, wie das möglich war.
Flammenzungen schlugen hinaus – DIESES Feuer war weithin zu sehen, es beleuchtete den Sumpf im weiten Umkreis, ließ ihn als trügerisch spiegelnde, wellige Fläche erscheinen, allem Anschein nach fest und tragfähig.
Aber dafür interessierte sich Mischa nicht. Glühendheiß fauchten die Flammen über seinen Nacken und versengten seine Haare. Das Toben und Kreischen der Bestie steigerte sich. Ein Teil des Bodens brach ein, die Wände zitterten. Einmal glaubte Mischa noch, den grellen Luftzug eines herumpeitschenden Tentakels zu spüren.
Rajd war draußen und kletterte und balancierte über den aus großen Steinen gemauerten Dachrand hinweg. Der Widerschein der Flammen beleuchtete ihn. Das Grauen und eine alles verzehrende Angst zeichneten sein Gesicht.
Dann durchlief ihn ein Ruck – und Mischa wußte, wieso.
Er sah Zafasch, den fliegenden Teppich, im gleichen Augenblick, reckte sich und winkte.
„Zafasch! Hierher!" brüllte er.
Gütiger Himmel, es war tatsächlich Zafasch!
Für einen Moment paßte Mischa nicht auf, was hinter ihm, in der Feuer- und Rauchhölle des Dachstocks vor sich ging. Das wurde sein Verhängnis . . .
Ein einzelner Tentakel schnellte aus den züngelnden Flammen heran – und traf ihn mit vernichtender Wucht an der linken Schulter. Mischa hörte das Schnappen und Schlürfen der Saugnäpfe, die sich an ihm festzukleben ver-

suchten. Er schrie, zuckte herum – und schlug mit dem Zauberstein zu!

Der Tentakel löste sich auf und verschwand, als habe es ihn nie gegeben. Ein schreckliches Saugen wurde direkt in Mischa laut, ein gieriges Schmatzen und Mampfen, noch fürchterlicher und grausiger als dasjenige der Tentakel-Saugnäpfe. Schwindel ließen Mischa blindlings weitertorkeln.

Das Schmatzen verstummte. Nur der Schmerz in der Schulter blieb. Mischa stakste weiter, über den Dachrand. Rechts war der Abgrund, die kalte, schwarze Tiefe. Der Sumpf. Links loderten die Flammen. Mischa atmete keuchend. Der Rauch schien ihn bis zu den Ohren auszufüllen.

Rajd saß bereits auf dem fliegenden Teppich. Die Dachkonstruktion brach funkenverschleudernd in sich zusammen – und das Brüllen des Monstrums in der Tiefe verstummte kurz; und grellte von Neuem los.

Zafasch schrie. Dunkle Flecken erschienen auf seinem Rücken, wo die Glimmpunkte des Höllenfeuers auf ihn einprasselten.

„. . . muß weiter weg! Spring endlich!"

Er war zu langsam, Mischa wußte es. Auch hinter ihm brachen die Balken ein, irrsinniger Gluthauch fauchte aus dem Dachstock heraus. Mischa taumelte und drehte sich um die eigene Achse. Die Schwindel verklebten seine Gedanken miteinander, der Schmerz und das leere Gefühl in seinem Innern – tief, tief, dort, wo das unheimliche Schmatzen gewütet hatte – raubten ihm die Besinnung. Er hatte das Gefühl, nicht mehr atmen zu können. Er hing zwischen Himmel und Sumpf. Rauchschwaden hüllten ihn ein, daß er nicht einmal mehr die Hand vor Augen sah. Blindlings tappte – schwebte! – er weiter. Mechanisch streifte er die Kette mit dem Zauberstein wieder über seinen Kopf. Mischa hörte sich selbst schluchzen. Es darf nicht alles umsonst gewesen sein! hämmerte es in ihm, und gleichzeitig hörte er Rajds und Zafaschs verzweifeltes Brüllen und Schreien.

Ich komme nicht von der Stelle! durchfuhr es Mischa. Er riß sich zusammen. Er schrie – und erst jetzt brach der Bann.

Hinter ihm geisterten schwarze Schemen in den Flammen, schaufelten brennende Balken und ganze Mauerteile beiseite: die Bestie setzte ihr Vernichtungswerk in aberwitzigem Perfektionismus fort. Es war ihre Art von Todeskampf.

Zafasch tauchte in den treibenden Rauchwolken auf – ein bleicher, langgezogener Schemen, der eine massige, schwarze Gestalt trug.

Mischa ließ sich einfach nach vorn fallen. Es war ein lächerlicher Sprung, verglichen mit demjenigen, den er geschafft hatte, um sich in den Schattenturm hinüber zu retten. Trotzdem ging es beinahe ins Auge.

In der Schulterwunde, die der Saugnapf des Tentakels gerissen hatte, pochte und wühlte Schmerz. Für einen nicht meßbaren Zeitraum wurde es schwarz vor Mischas Augen.

Dann – dann schlug er der Länge nach auf Zafaschs Rükken, und Rajd packte mit einem erleichterten Schrei zu und hielt ihn fest, damit er nicht davongeblasen wurde; denn: Zafasch gab jetzt im wahrsten Sinne des Wortes Gas!

Irrsinnig schnell blieb der Schattenturm hinter ihnen zurück – ein titanisches Bauwerk, eine überdimensionale, flammenspeiende Fackel mitten im Sumpf . . . Die Heimstatt eines fürchterlichen Ungeheuers. Mischa sah aus tränenden Augen zurück. Aus allen Löchern in den Turmwänden peitschten die langen Tentakel hilflos in die Nacht hinaus . . .

7. Rajd klärt auf

„Beim gütigen Schibuzzi, das war knapp!" ächzte Rajd mit einer ganz dünnen Stimme. Auch mehrmaliges Räuspern half da nichts. Sein doppeltes Doppelkinn hüpfte, als hätte er Schluckauf. „Als du den Sumpfkrakententakeln entgegenmarschiert bist, da ist mir fast das Herz stehengeblieben! Tu das nie wieder, oder du mußt dir einen neuen Zauberer suchen."

„Das nächste Mal darfst du zeigen, was in dir steckt", versprach Mischa trocken und lachte, als Rajd erschrocken zusammenfuhr.

„Was werd' ich denn!" wehrte er hitzig ab und blickte sich aufgeregt um, als stehe dieser ‚Einsatz' unmittelbar bevor. „Ich bin ein Zauberer und kein Zauber*stein*. Meine Waffen sind jene des Geistes; das tiefe Nachdenken bringt mir Erleuchtung, die ich sodann zu unser aller Nutzen verwenden kann . . ." Wahrscheinlich deutete er das Zucken um Mischas Mundwinkel völlig richtig und sah ein, daß er jetzt doch ein wenig übertrieb. Er schloß den Mund, verschränkte die Arme vor dem Bauch und schwieg beleidigt.

Stille kehrte ein in dem kleinen Lager in der Steppe.

Nach der Hals über Kopf erfolgten Flucht aus dem Schattenturm war Zafasch, der fliegende Teppich, auf Rajds Anweisung hin schnurstracks nach Norden geflogen, hatte den Sumpfdschungel schließlich hinter sich gelassen und war erst über der Steppe langsamer geworden. Notgedrungen, wie er später eingestand. Die Anstrengungen dieses Tages hatten ihn gewaltige Mengen Kraft gekostet – und jetzt konnte er beim allerbesten Willen nicht mehr.

Also waren sie in einer kleinen Steppensenke gelandet; weit genug – aber nicht zu weit – vom Dschungelrand entfernt. Auf ein Feuer hatten sie verzichtet. Sie waren zu müde, um noch Holz zu sammeln, und außerdem wollten sie jetzt nicht schon wieder neue Feinde auf sich aufmerksam machen.

Die Nacht war bereits weit fortgeschritten, doch hier draußen, über der Steppe, schien das Licht der Sterne und des Mondes heller zu leuchten. Das weite, gewellte Grasland war wie mit flüssigem Silber übergossen, und wenn sich die Halme unter dem sanften Streicheln des Nachtwindes bewegten, wenn sie sich wie zu einer unhörbaren Melodie wiegten, so konnte man meinen, ein großer, ruhiger Atem würde eine gewaltige Brust heben und senken.

Der Steppenboden war noch warm von der Hitze des Tages, und als sich Mischa jetzt darauf ausstreckte und die Arme hinter dem Kopf verschränkte, durchlief ihn ein wohliges Gefühl. Er genoß die Ruhe und Entspannung, die das Wissen mit sich brachte, daß sie alle gerettet waren. Auch wenn er sich wie ausgebrannt fühlte, wie von einem unbegreiflichen Seelen-Vampir heimgesucht – die Freude über ihren Sieg und ihr Entkommen war weit größer als jede Erschöpfung. Sogar größer als dieser eigentümliche, wühlende Schmerz in seiner linken Schulter; dort, wo ihn der Fangarm des Ungeheuers getroffen hatte.

Es war keine tiefe Wunde, nur ein lächerlicher, etwa faustgroßer blauer Fleck. Rajd hatte die Stelle gesäubert und mit einer selbst hergestellten Kräuterpaste bestrichen, und damit mußte eigentlich alles in Ordnung kommen.

Überhaupt hatte sich der Verspielte König rührend um ihn gekümmert. Mischa lächelte in sich hinein. Er mochte Rajd; und er mochte ihn genau so, wie er war. Denn wenn es darauf ankam – das wußte er – dann war Rajd weder großspurig noch zaudernd, sondern ein Freund, der für die, die ihm nahestanden, und für die gerechte Sache allgemein, durch dick und dünn ging. Und wenn ihm *hinterher* die Knie zitterten – nun, wer wollte ihm das übelnehmen? Ihm, Mischa, erging es oft nicht anders!

Wesentlich mehr Sorgen als über die Schulterwunde

machte sich Mischa über das Gefühl der Leere tief in seinem Innern – und den damit verbundenen Schmerz. Als wäre ihm etwas genommen worden, das ihm unbeschreiblich viel bedeutet hatte. Doch so sehr er auch nachgrübelte, er kam nicht darauf, was es sein konnte. Er hatte es vergessen.

Dafür war die Erinnerung an das unerklärliche Saugen und Schmatzen, das er auf dem brennenden Dach des Schattenturmes in sich wahrgenommen hatte, um so lebendiger. Das war nicht vom Saugnapf des Tentakel-Ungeheuers verursacht worden. Nein, das ging auf ein anderes Konto, und er hatte auch schon einen schlimmen Verdacht . . .

Gerade wie unter einem Zwang mußte er an den Zauberstein denken. An die boshafte Stimme, die er direkt in seinen Gedanken gehört hatte, als er sich den Tentakeln entgegengestellt und die Macht des geheimnisumwitterten Juwels freigesetzt hatte. An ihren Vergleich mit dem Teufelshandel . . .

Mit einem bösen Gefühl im Nacken setzte sich Mischa wieder auf, wog den Zauberstein in der rechten Hand und hielt ihn schließlich hoch. Das silbrige Licht der Sterne und des Mondes funkelte über die vielförmig geschliffenen Oberflächen. Ein seltsamer Feuerpunkt glomm im Herzen des Steins auf, und das war wie ein verschwörerisches und zugleich höhnisches Zublinzeln.

Im nächsten Moment war der Funke bereits wieder erloschen, und Mischa ließ den Stein los. Jetzt baumelte er wieder an der Silberkette – ein beruhigend sanfter Druck auf seiner Brust.

Im Klartext, kombinierte Mischa, heißt das doch: Wenn ich mich nicht gegen die Zauberstein-Macht schützen kann, dann kann ich mich mit Hilfe des Zaubersteins auch nicht gegen andere schützen. Oder – gegen andere vielleicht schon, aber dann nicht mehr gegen die Zauberstein-Macht. Etwa nach dem Muster: eine Hand wäscht die andere. Geb ich dir was, gibst du mir was.

Er ahnte, daß er drauf und dran war, ein erstes Geheimnis des Juwels zu lüften. Nur – um welchen Preis? Das Gefühl des Verlusts tief in seiner Seele bereitete ihm mehr und mehr ein Unbehagen, das ihn frösteln ließ.

Rajd gähnte lautstark und wollte damit eindeutig Mischas Aufmerksamkeit erwecken.

„Lausche wohl, mein junger Freund . . ."

Mischa protestierte. „*Junger* Freund – du bist nur knapp zwei Jährchen älter!"

„Das sind immerhin über 700 Tage. Sieh's mal auf die Art."

Mischa seufzte, denn gegen die Logik kam er nicht an. Er legte sich wieder zurück, räkelte sich und verschränkte die Arme wieder hinter dem Kopf. „Manche werden erst im Alter weise, andere sind's von Geburt an. Aber lassen wir das. Ich nehm's dir nicht übel, und ich werde nie auch nur ein Wort des Spotts darüber verlieren. Gut. Ich höre jetzt. Laß dich nicht mehr bremsen."

Rajd schnappte nach Luft. „Also – also –"

„Weshalb bist du per Zeitlosem Hüpfer in den Schattenturm gekommen? Wo ist Thay-Lee? Und El Botzo? Was ist passiert, nachdem ich damals aus der Oase von Kuur verschwunden bin?"

„Also. Der Reihe nach. Aber nachher erzählst du mir, weshalb du überhaupt aus der Oase verschwunden bist!" Er drohte mit dem Zeigefinger.

„Ehrensache."

Rajd nickte zufrieden, setzte sich im Schneidersitz bequem zurecht, kratzte sich am Kinn, rückte seinen Turban von der rechten Augenbraue zur linken hinüber und signalisierte damit, daß seine ‚Aufklärungsaktion' länger dauern würde.

„Das war also so", begann Rajd. „Als Thay-Lee, El Botzo und ich damals in der Oase aufgewacht sind und feststellen mußten, daß du dich spurlos aus dem Staub gemacht hattest, da waren wir natürlich obersauer. Das kannst du dir ja wohl vorstellen. Frag nicht, was Thay-Lee an interessanten Verwünschungen vom Stapel gelassen hat." Er wiegte bedeutungsvoll den Kopf hin und her. „Ei, ei – ich glaube, sie war enttäuscht. Weil sie dich gut leiden mag. Aber das hätte sie natürlich nie zugegeben. Versteh einer die Mädels."

Es versetzte Mischa einen Stich, aber er schwieg.

„Gut. Wir haben dann beratschlagt und sind überein gekommen, daß wir allein versuchen, ins Tal der Geisternebel zu gelangen. In Kuur haben wir ja gemeinsam die Karten studiert, und so wußten wir, daß wir uns nach Westen wenden mußten, Richtung Geisterbrücke, Kammardan, Kristallklippen und Gool, die man die Stadt in der Tiefe nennt. Der Weg übers Drachenzahngebirge und durch die Felsenlande wäre zu langwierig geworden; und zu beschwerlich. Wir marschierten also los, und unterwegs haben wir uns gegenseitig mit Erklärungen übertroffen, weshalb du uns wohl verlassen haben könntest. Nur El Botzo hat nichts als sein wissendes Grinsen beigesteuert. In Amrithsir, der verwunschenen Oase in der Wüste der Einsamkeit, geschah etwas Seltsames. Eine Blume hat zu uns gesprochen und uns gesagt, wir sollten in Sammtho auf dich warten – auf dich, den wahren Erben der Macht.

Das war alles. Du kannst dir vorstellen, daß wir die Nase voll hatten. So hin- und herdirigiert zu werden, das ist keine schöne Sache, bei Rambaszambas, der in der dritten Hölle wohnt!

Wir haben uns also die Reitschmetterlinge geschnappt und – Du brauchst gar nicht so zu grinsen! Der Schmetterling hat mein Gewicht mühelos getragen. Sehr mühelos sogar! Jawoll! Äh – wo bin ich stehengeblieben?"

„Ihr habt euch die Reitschmetterlinge geschnappt . . .", half Mischa auf die Sprünge.

„Ja. Nun Thay-Lee hat mich mit nach Sammtho genommen. Dort haben wir die letzten drei Wochen –"

„Drei Wochen?" platzte Mischa verblüfft heraus. „Auf der

Erde sind nur neun Tage vergangen . . ."

„Dann warst du also in der Zwischenzeit wieder dort? Ich meine – auf dieser Welt namens Erde? Thay-Lee hat mir erzählt, daß du ihr gesagt hast, du würdest von dort kommen."

„Ja", nickte Mischa. „Ich war wieder dort. Aber bestimmt nicht freiwillig. An dem Morgen, an dem ihr in der Oase aufgewacht seid, bin ich zu Hause aufgewacht. Zack. Einfach so." Er schnippte mit Daumen und Mittelfinger und erzählte knapp, was ihm widerfahren war; wie sehr er sich nach Camelon und Rajd, Thay-Lee und El Botzo zurückgesehnt hatte. Der Widerstreit der Gefühle, der in ihm getobt hatte – für oder gegen die Erde; für oder gegen Camelon.

Rajd hörte stumm zu und schüttelte nur immer wieder mitfühlend den Kopf. „Das – das tut mir leid. Wenn wir das gewußt hätten – dann, dann hätten wir bestimmt nicht so auf dich geflucht."

Er atmete durch. „Sachen gibt's die gibt's gar nicht. Dann haben die Meister der Lüge also dafür gesorgt, daß du ihnen – äh – daß wir ihnen nicht mehr weiter auf den Fersen bleiben konnten! Diese neunschwänzigen Bubago-Schakale! Diese . . . diese . . ." Er suchte nach einem annähernd passenden Schimpfwort, schien jedoch keines zu finden. „Aber jetzt bist du wieder hier! Und diesmal werde ich höchstpersönlich dafür sorgen, daß sie dich nicht einfach wieder unter unserer Nase wegverschwinden lassen!" Wieder versuchte er, sein grimmigstes Gesicht zu ziehen, und wieder wurde nur eine freundliche Gesichtsakrobatik daraus, die eher zum Lachen reizte.

Dann berichtete er weiter: „Wir sind also in der Baumstadt geblieben und haben auf dich gewartet. Dann mußte Thay-Lee kurzfristig – äh – beruflich weg. Du weißt schon."

„Eine Diebestour!"

Rajd nickte. „Sie ist ja schließlich die Anführerin der ehrenwerten jugendlichen Diebe, eine weithin geachtete Persönlichkeit. Sie klaut dir das Hemd unterm Hintern – äh, unter dem Allerwertesten weg, wenn du nicht aufpaßt. So ein Talent darf man nicht verkommen lassen. Erst recht nicht, wenn es den Armen und Bedürftigen zugute kommt!"

Das stimmte, denn die hübsche blonde Thay-Lee war hier auf Camelon so etwas wie auf der Erde Robin Hood oder Zorro.

„Weiter."

„Sie mußte also weg, und mich hat sie leider nicht mitgenommen. Weiß der Teufel, warum. Ich bin recht gut zu Fuß, und meine stattliche Erscheinung – Na, lassen wir das. Ich habe also versucht, eine sinnvolle Tätigkeit für mich zu finden." Er senkte die Stimme, blickte sich sichernd um, ob auch bestimmt niemand in der Nähe war und zuhörte, und erklärte: „Ich habe ein uraltes Zauberpergament gefunden. In einem hohlen Baum versteckt."

„Und hast herumexperimentiert! Du trägst deinen ‚Ehrennamen' wirklich zu Recht, Verspielter König!"

Herumexperimentiert – also, *Herr* Berger!" Rajd entrüstete sich, mußte aber gleich darauf wieder lachen. „Na ja, ein kleines Experiment hab ich schon gemacht, wohl, wohl. Und . . ."

„Und?" wollte Mischa gespannt wissen, weil es Rajd so verflixt spannend machte.

„Ich habe Kontakt mit einer phantastischen Persönlichkeit bekommen. Mit Morgner, den die teuflischen Meister der Lüge im Schloß der Einsamkeit gefangenhalten; im Zwielichtland, das man auch das Kalte Reich nennt."

„Ich kenne ihn", sagte Mischa versonnen und bereute das gleich darauf, weil Rajds Gesichtszüge förmlich entgleisten.

„Du kennst ihn, so so", brummte er sehr förmlich.

„Ich habe von ihm geträumt, als ich das erste Mal hier auf Camelon angekommen bin. Vielleicht war es eine Art übersinnliche Warnung . . . Weil er damals doch der Meister über die Augen des Bösen war. Mit seiner Zaubermacht kann er durch sie jeden Fleck auf Camelon überwachen – er sieht durch sie; nichts entgeht ihm. Und was er sieht, muß er gezwungenermaßen den Meistern der Lüge mitteilen."

„Eben NICHT mehr!" trumpfte Rajd auf. „Damals, als du in Kuur den Engel der Finsternis besiegt hast, hat Morgner neue Hoffnung und neuen Lebensmut geschöpft. Jetzt steht er auf unserer Seite. Bloß wissen das die Meister noch nicht. Er trickst sie aus. Verstehst du? Er tut weiterhin so, als ob er alt und schwach sei und somit notgedrungen auf ihrer Seite steht. Aber er führt sie in die Irre. Denn der Engel der Finsternis kann ihn nicht mehr überwachen!" Und jetzt ließ Rajd Mischa nicht mehr zu Wort kommen; er rasselte weiter: „Jedenfalls hat er mir mitgeteilt, daß ich so schnell wie möglich in den Schattenturm gelangen müsse, und daß sich dort alles weitere ergeben würde. Und er hat mir auch dabei geho –" Mitten im Wort brach Rajd ab, doch er hatte sich schon verraten.

„Dann hat dir also nicht nur El Botzo, sondern auch noch Morgner bei deinem Zeitlosen Hüpfer geholfen?"

„Auch nur ein bißchen", wiegelte Rajd ab. Doch es hörte sich irgendwie . . . kleinlaut an.

„Aber angekommen bist du wirklich mit Pauken und Trompeten!"

„Nicht wahr!" strahlte Rajd. „Warte nur, bis ich selbst so weit bin . . ."

„Möge er weiterberichten", forderte Mischa auf.

„Viel ist's nicht mehr." Das schien er zu bedauern, denn er erzählte furchtbar gerne, und erst recht, wenn es solch wichtige Dinge waren. „Ich habe Thay-Lee also noch schnell eine Botschaft zukommen lassen, in der alles stand, und ihr noch dazugeschrieben, daß sie in Kammardan auf mich warten soll."

„Wann treffen wir uns mit Thay-Lee?" wollte Mischa wissen.

„Morgen. In der Schänke zum *Fetten Bock.*"

„Na, prima." Mischa spähte bezeichnend auf Rajds Bauch,

der augenblicklich eingezogen wurde. „Ich gelobe Besserung“, versprach Mischa lachend.

Er richtete sich auf und klopfte seinem Freund auf die gutgepolsterte Schulter. „Außerdem hab' ich mich noch gar nicht bedankt.“

„Wofür denn?“ Entgeistert blickte Rajd ihn an.

„Für alles, was du für mich getan hast. Du weißt schon. Aber ganz besonders dafür, daß du im Schattenturm mit einem derartigen Donner und Doria aufgetaucht bist. Wenn du nicht gekommen wärst, dann wäre ich wahrscheinlich eingeschlafen. Und dann hätte mich das Tentakel-Ungeheuer im Schlaf erwischt.“

„Du meinst . . .?“ Rajd war kalkweiß.

„Ja.“ Auch Mischa war jetzt sehr ernst. „Du siehst, du bist schon ein Held.“

Diesmal kam keine großartige Erwiderung von Rajd. Aber die Verlegenheit färbte seine Ohren rot, das war trotz der Finsternis zu sehen!

Sie legten sich hin. Mischa sah zu den fernen Sternen hinauf und dachte an Thay-Lee. Er freute sich unbändig darauf, sie wiederzusehen, ihre Stimme und ihr Lachen zu hören. Selbst auf ihre Frozzeleien freute er sich. Morgen, dachte er. Morgen in Kammardan.

Bald darauf war er eingeschlafen.

8. Von den Gesetzen der Magie

Benommen und schwindelig erwachte er. Rajd kam gerade vom Senkenrand heruntergestapft, lächelte, als er sah, daß Mischa wach war und zeigte dabei sein prächtiges Gebiß. „Na, endlich aus dem Reich der Träume zurück, Vater der Helden?“

Mischa nickte schwach, kratzte sich am Kopf und streckte sich. Das lange Liegen auf dem ungewohnt harten Untergrund hatte seine Muskeln steif werden lassen. „Warum hast du mich nicht aufgeweckt?" Es sollte vorwurfsvoll klingen; tat es aber nicht.

„Na, hör mal. Du warst fix und fertig. Deine Schulterwunde . . . Ich habe sie inzwischen dreimal gesäubert und neu eingesalbt. Obwohl dir dieser Saugnapf kein Loch in die Haut gebissen hat, sickert andauernd Eiter durch die Poren heraus. Du hast die Ruhe verflixt nötig gehabt. Deshalb habe ich dich nicht geweckt. So, und jetzt bleib ganz ruhig, nimm dir an Zafasch ein Beispiel. Ich hole was zu essen. Denn – merke: Hat man am Abend was zu kauen, kann man auf seine Kräfte bauen. Äh, das ist von mir."

„Da wär' ich nie drauf gekommen!"

„Man unterschätzt mich eben ständig!" Rajd hatte zu seiner unverwüstlichen Art zurückgefunden, und das war an sich bereits ein recht gutes Zeichen für die Zukunft.

Er entfernte sich leise summend, und Mischa wandte sich nach einer Weile an Zafasch.

„Hörst du mich, Zafasch?" fragte er leise.

„Ja", kam es wie ein ersterbender Lufthauch zurück. Der Teppich rührte sich nicht, und die Lippen, die auf seinem ‚Rücken' entstanden waren, konnte man jetzt kaum noch erkennen.

„Es geht dir nicht gut", stellte Mischa erschüttert fest.

„Wenn du nicht abgesprungen wärst, zum Schattenturm hinüber . . . dann wäre ich längst tot. Vernichtet von der Zaubermacht der Meister der Lüge", flüsterte Zafasch. „Du hast das einzig Richtige getan. Ohne dich war ich für die Meister wertlos. Sie wollten mich nicht mehr vernichten. Sie wollten mich nur zurückhalten, damit ich dich nicht holen konnte."

Die Schrecken der gestrigen Nacht standen wieder vor Mischas Augen; aber jetzt konnte er sie verdrängen. Er hatte von den Geschehnissen im Schattenturm geträumt – er wußte es, auch wenn er sich nicht mehr daran erinnern konnte. Aber jetzt hatte er das alles verdaut. Sie waren entkommen, nur das zählte momentan.

„Trotzdem bist du gekommen. Obwohl dich die Meister zurückzuhalten versucht haben." Mischas Kehle war rauh. „Wie hast du das geschafft?"

„Dank deinem Freund Rajd", erwiderte Zafasch, und jetzt klang seine Stimme ein wenig kräftiger und fast fröhlich. „Sein Auftauchen im Schattenturm hat bewirkt, daß das Zaubergespinst der Meister der Lüge zerfetzt worden ist. Ich habe meine Chance genutzt und bin geflohen. Und als ich das brennende Dach des Schattenturmes sah, da wußte ich genau, wohin ich zu fliegen hatte."

„Rajd?" murmelte Mischa. „Das verstehe ich nicht."

„Du mußt noch viel über die Magie auf Camelon lernen. Hör zu. Rajd kam auf magischem Wege im Schattenturm an. Unter Zuhilfenahme von guter – oder, wie wir hier sagen – von weißer Magie. Seine Ankunft mußt du dir so vorstellen, als würde man einen Stein in die ruhige Wasseroberfläche eines Weihers werfen. Die Ausstrahlungen der weißen Magie breiteten sich bei seiner – Rajds – Ankunft kreisförmig aus. Eine Schockwelle des Guten, die den Einfluß des Bösen gestört und kurzfristig unwirksam gemacht hat. DESHALB konnte ich ihrem Zugriff entkommen. Aber sie haben mich geschwächt. Sehr. Selbst das Reden bereitet mir Schwierigkeiten. Mischa" – Jetzt bäumte sich der Teppich in einer mühsamen, wellenförmigen Bewegung auf. „Ich werde dir und deinem Freund nicht mehr lange dienen können. Ich – ich brauche Ruhe. Mindestens fünfzig oder sechzig Jahre. Ich – ich versuche, euch nach Kammardan zu bringen. Aber weiter . . . Ob ich das schaffe, weiß ich noch nicht. Ich habe das vorhergesehen. Ich wußte, daß etwas Derartiges geschehen würde. Die Meister der Lüge erfahren alles, und sie sind mächtig – viel zu mächtig."

„Du darfst dich nicht aufregen, Zafasch. Keine Sorge, wir finden das Tal der Geisternebel, so oder so. Wir geben nicht auf. Mach dir keine Vorwürfe, du hast schon so viel für uns getan . . . Sag mir jetzt lieber, ob wir dir irgendwie helfen können?"

„Nein. Aber es tut gut, daß du danach fragst. Weißt du . . ." Er zögerte kurz. „Es wäre schlimm für mich, nur wie ein DING behandelt zu werden. Wir – wir fliegenden Teppiche sind nicht nur Dinge. Wir sind – wir –"

Mischa strich über den weichen Teppichrücken, der jetzt ganz stumpf und struppig wirkte. „Nicht reden, Zafasch. Für mich bist du kein Ding, sondern ein Freund. Ein lieber Freund. Das warst du von Anfang an, du alter Brummbär."

Bald darauf kam Rajd zurück. „Steppenbeeren", sagte er und hielt einen dicken Bund bananenartiger, knallroter, saftig wirkender Früchte hoch. „Wachsen in etwa fünfzig Zentimeter Tiefe im Boden, schmecken wie Fruchteis mit Rumrosinen und sind höchst nahrhaft. Natürlich muß man wissen, wo man zu graben hat!"

Er ließ sich Mischa gegenüber nieder und verteilte die Rationen. Mischa kostete vorsichtig; aber Rajd hatte nicht übertrieben: die Steppenbeeren waren fleischig und saftig und schmeckten einfach köstlich. Allerdings nicht nach Fruchteis mit Rumrosinen, sondern nach Melone. Aber Mischa verkniff sich die spitze Bemerkung. Rajd war eben ein Leckermäulchen. Vielleicht überlistete er sich so, „normale" Kost zu sich zu nehmen.

„Zwei Fliegen mit einer Klappe geschlagen!" trumpfte Rajd gerade mampfend auf. „Man hat keinen Durst mehr und ist satt. Na?"

„Mhhh!" bestätigte Mischa begeistert.

„Ich habe uns heute schon viermal damit gefüttert. Man will ja schließlich nicht den eigenen Bauch zum Feind haben, nicht!"

Während sie ihre Mahlzeit beendeten, ließ Mischa seine Blicke schweifen. Das weite Steppenland lag unter einer flirrenden Hitzeglocke, und nicht einmal die Dämmerung, die zaghaft vom fernen östlichen Horizont – von der Schlucht der Stummen Seelen und der Wüste der Einsamkeit – heranschlich, änderte etwas daran.

Die violetten Schatten färbten das Gras mit einem kränklichen Ton, und das bisher so beschauliche, romantische Grasmeer wurde zu einer gefährlich aussehenden, scheinbar bodenlosen dunklen See, die nach Süden hin von der dunkelgrünen Wand des Sumpfdschungels begrenzt war. Von dorther wehte ein Versprechen von erfrischender Feuchtigkeit und Kühle, aber Mischa wußte nur zu gut, daß dies höchstens die Glaubwürdigkeit einer Fata Morgana hatte. Im Dschungel war es zwar schattig, dafür aber bedrückend schwül. Treibhaushitze brütete dort und verklebte die Lungen bei jedem Atemzug wie zäher Kleister. Nein, dann schon lieber die trockene Hitze über der Steppe.

Mischa spuckte einen kaugummizähen Kern aus, rieb sich die Hände an seinen mittlerweile doch wieder arg ramponierten Jeans sauber und stand auf.

„Komm. Aufbruch!" drängelte er und äugte abermals in die Runde. „Wir haben schon viel zuviel Zeit verloren. Es wird spät, und ich möchte Zafasch keinen Rennflug nach Kammardan zumuten. Er muß sich schonen."

„Bist du wirklich fit genug für die Weiterreise?" erkundigte sich der Verspielte König besorgt und sah Mischa an wie einen mindestens hundertjährigen Tattergreis.

„Aber ja. Unkraut vergeht nicht. Komm schon!"

Leider fühlte er sich nicht halb so fit, wie er behauptete.

Sie weckten Zafasch und besprachen kurz die Flugroute. Der Schweiß, der sie alle buchstäblich einbalsamierte, verursachte starken Juckreiz.

Mischa sehnte sich nach einem Bad im kalten, schäumenden Wasser eines Flusses. Er nahm sich vor, diesen Wunsch so bald wie möglich in die Tat umzusetzen. Vielleicht verschwand dann auch das Gefühl der Erschöpfung, das stets in einem entfernten Winkel seines Bewußtseins nistete.

Ein paar Minuten später brachen sie auf. Zafasch hielt Wort: er ließ sie nicht im Stich.

Obwohl: das wäre besser gewesen. So flogen sie ahnungslos direkt ins Verderben!

9. Wo die Poltergeister tanzen

Der fliegende Teppich trug sie nach Norden, ins dunkler werdende Zwielicht des Abends hinein. Zafasch gab sein Bestes: trotz seiner Erschöpfung raste er dahin, als sei nichts gewesen. Nur sein beharrliches Schweigen, das Fehlen seiner bissigen Kommentare verriet Mischa, wie es um ihn stand. Er hatte ein schlechtes Gewissen, weil er Zafaschs Hilfe noch immer in Anspruch nahm. Das quälte ihn. Er gehörte nicht zu der Sorte Mensch, die andere bis zum Gehtnichtmehr ausnutzen, wenn sie ein Ziel erreichen wollen. Trotzdem lief es hier genau auf das hinaus, auch wenn es der Zauberteppich niemals zugelassen hätte, daß sie sich zu Fuß auf den Weg nach Kammardan machten.

Rajd schien ähnliche Gedanken zu wälzen. Er lag lang ausgestreckt wie ein Mehlsack neben Mischa, hielt mit einer Hand krampfhaft seinen kugelrunden Turban fest – und in seinem Gesicht arbeitete es. Die ernste Miene, die sorgenumwölkte Stirn wollten so gar nicht zu dem normalerweise so unbekümmerten großen Jungen passen.

Mischa sagte nichts. Er war ja froh, daß es Rajd genauso hielt.

Aber der rasende Flug würde bald vorbei sein; Kammardan war nahe. Das war wenigstens ein Argument. Der Wind brauste über sie hinweg; das empfand Mischa nach der Hitze des Tages als wahre Wohltat. Vorsichtig verlagerte er sein Gewicht nach rechts hinüber, hielt sich unwillkürlich energischer fest und spähte in die Tiefe hinunter.

Die Steppe flog unter ihnen dahin – ein hitzedurchglühtes Grasland, in sanfte Bodenwellen gefaßt, dann und wann von einsamen Baumgruppen oder Gestrüppanhäufungen durchbrochen. Tiere sah Mischa selten – einmal eine Herde kleiner, gefleckter Ponys, dann einzelne, wolfsähnliche Wesen, die (laut Rajd) Rrorks hießen und gefährliche Fleischfresser waren. Als der fliegende Teppich über sie hinwegraste, duckten sie sich blitzartig und tauchten im hohen, wogenden Gras unter.

Mischa drehte den Kopf und spähte zurück. Die zottigen Raubtiere blieben unsichtbar. Dafür hing über dem immer wieder zurückfallenden Sumpfdschungel im Süden ein Vogelschwarm. Er sah wie eine phantastische, übergroße Traube aus. Wenn einzelne Tiere aus dieser Zusammenballung ausbrachen, zeichneten sie mit ihrem Flattern, ihrem Kreisen und Höher- und Tieferschweben ein verwirrendes Muster in die dunstige Abendluft.

Mischa wandte sich wieder um und schaute nach vorn. Nach Norden hin erhoben sich schemenhaft gewaltige Bergspitzen in den Himmel; groß und gezackt wie das Drachenzahngebirge hinter Kuur, als hätte ein besonders mißtrauischer Riese tausend am oberen Ende angespitzte Baumpfähle in den felsigen Untergrund gerammt, um jedes Vordringen in diese Richtung und nach Kammardan unmöglich zu machen. Der Himmel dort zeigte ein bezauberndes Farbenspiel, das vom Westen ausstrahlte, wo vorhin die Sonne in einem feinen Dunst hinter dem flachen Horizont versunken war. Lange orangegelbe Farbstreifen zogen sich über das Firmament, wechselten in purpurne und hellgraue Wolken, die sich hoch und immer höher bauschten.

Vor ihnen wurden die Felsenklippen rasch größer und wuchtiger. Mehr und mehr wandelten sie sich zu schroffen, von Wind und Wetter zerfressenen morschen Zähnen, deren Spitzen in den dunklen Himmel oben gerammt waren.

„Hinter den Felszinnen liegt Kammardan“, erklärte Rajd noch einmal. Nach einem kurzen, düsteren Zögern fügte er hinzu: „Direkt an der Schlucht der Stummen Seelen.“

Mischa nickte, hörte jedoch nur mit halbem Ohr hin. Schon seit ein paar Minuten behielt er diese Schlucht im Auge, diesen gigantischen Zackenriß, der das Land von Westen nach Osten zerteilte, so weit das Auge nur reichte. Eine schwarze, drohende Tiefe, die unheimliches Leben beherbergte. Er hatte es hautnah kennen- und fürchtengelernt, als er damals mit Thay-Lee nach Kuur gereist war.

Die Dunkelheit schien jetzt nicht mehr nur vom östlichen Horizont heranzuwogen; nein. Dort hinten, genau in Flugrichtung, kam sie wie eine breiige Masse auch aus der Schlucht mit ihren zahllosen Seitenarmen gequollen!

Das Gefühl der Bedrohung steigerte sich schlagartig. Mischa hatte sowieso keine Sekunde lang daran geglaubt, daß ihn die Meister der Lüge nach seinem verwegenen Sprung zum Schattenturm hinüber vergessen hatten! Egal, ob Morgner, der Zauberer vom Schloß der Einsamkeit, ihnen nun weiterhin treu ergeben war oder nicht – sie wußten nach wie vor über jeden seiner Schritte Bescheid! Darauf hätte er sonstwas verwettet.

Was erwartet uns in der Felsenstadt? fragte er sich nervös? Eine bis ins kleinste perfekt vorbereitete Falle? Zeit genug haben die Meister ja gehabt, und damit also auch ihre Schergen.

Zum hundertsten Mal nahm sich Mischa mit der ihm eigenen Entschlossenheit vor, auf jedes auch noch so geringe Zeichen zu achten und hypervorsichtig zu sein.

Wenn Rajd den Aufbruch ins Tal der Geisternebel nur nicht so überstürzt anberaumt hätte . . . Aber er hatte es ja gut gemeint. Und die Zeit drängte wirklich. Nein, ihm konnte man keinen Vorwurf machen. Und außerdem waren sie jetzt schon unterwegs; also Schluß mit dem Herumgrübeln. Wir müssen zusehen, daß wir das Beste aus der Sache herausholen!

Dann wuchsen dicht voraus die ersten Felsennadeln empor und Zafasch zog mit beträchlicher Mühe hoch. Mischa blieb kurz die Luft weg, als die narbige Felsenzinne heranflog und gleich darauf unter dem Teppich hindurchwischte und schon nicht mehr zu sehen war. Andere Felsennadeln folgten, dann wuchtigere, pyramidenförmige Erhebungen. Der Wind fauchte und brauste und Zafasch schaukelte darauf, ließ sich von Aufwinden emporschleudern und gleich darauf von kühlen Luftströmungen in dunkel gähnende, enge Schluchten zwischen den einzelnen Steinzähnen hinuntersaugen. Je schneller dies vonstatten ging, desto mehr schien er zu seinen ursprünglichen Kräften zurückzufinden, aber Mischa wußte, daß dies nur seine Art war, Abschied zu nehmen. Nicht von Rajd oder von ihm. Nein, Zafasch nahm Abschied von der grenzenlosen Freiheit in den Lufträumen über Camelon, die er bisher als fliegender Teppich genossen hatte. Er nahm Abschied von seinem ureigensten Element – und von dem berauschenden Gefühl, ungebunden und völlig frei zu sein. Frei wie die gewaltigen Drachen im Drachenzahngebirge, frei wie die Millionen Fische irgendwo in den Meeren Camelons.

Es rührte Mischa bis ins Mark, und seine Lippen preßten sich unvermeidlich fester aufeinander. Er hätte dem Teppich gerne Trost zugesprochen, aber natürlich wußte er, daß sich jedes Wort, jeder Satz nur banal und hölzern anhören würde. Für so etwas gab es keine Worte, gab es keinen Trost. Niemand konnte verstehen, wie es Zafasch jetzt zumute sein mußte, auf seinem für lange, lange Zeit letzten Flug. Am wenigsten er, ein Mensch, der noch nie aus eigener Kraft hatte fliegen können . . .

Die Schatten wurden tiefer, der Flug wilder und gefährlicher. Oft gelang es Zafasch nur mit unverschämtem Glück, einem wie hingezaubert auftauchenden Steinturm auszuweichen. Oft schien es keine Möglichkeit mehr zum Ausweichen zu geben. Dennoch schaffte der fliegende Teppich das Unmögliche. Er raste dahin, ein Schemen unter den Schemen der Nacht – und dann sackte er in die Tiefe. Der Nordhang der Felsenklippen blieb irrsinnig schnell hinter ihnen zurück, war gleich darauf nur mehr eine Erinnerung.

Vor ihnen – tief unten – lag in gigantischer Breite die Schlucht der Stummen Seelen und, an ihrem diesseitigen Rand, die Felsenstadt Kammardan.

★

Sie bot einen faszinierenden Anblick, und er brannte sich förmlich in Mischas Erinnerung ein:

Direkt am Hauptarm der Schlucht erbaut, ragte die Stadt in die Schleier der beginnenden Nacht; grau und dunkel und trist, wie das Felsengestein der Klippen und Schluchtausläufer ringsum, eine trutzige Anhäufung von massiven, quaderförmigen Schemen, scheinbar wie organisch mit dem Gestein verwachsen . . . Hohe Mauern erhoben sich schwergewichtig, und in den Wachttürmen waren Öllampen entzündet worden, die ihr goldenes Licht in die Finsternis hinausstrahlten. Auf schmalen Wehrgängen sah Mischa schattenhafte Gestalten hin- und hergehen, und ab und zu blitzte blanker Stahl von Lanzenspitzen unter einem letzten verirrten Lichtstrahl des Tages.

Die Häuser selbst waren nur als gedrungene, ineinanderverschachtelte Masse auszumachen. Mischa blinzelte in den Flugwind und ahnte die engen Straßen und Gassen Kammardans mehr, als daß er sie sah. Sie waren noch dunklere Linien im dunklen Gewirr der Häuser. Fackellicht blinzelte herauf. Hinter vielen Fenstern brannte Licht.

Rajd beugte sich zu Mischa herüber. „Es heißt, Kammardan sei einst eine Art vorgeschobenes Bollwerk des legendären Raubritters vom Mörderpaß gewesen . . . von Ugo Mankuso. Der hat mit seinem Mörderhaufen früher diesen ganzen riesigen Landstrich kontrolliert: die Geröllwildnis, die Steppe, die Roststadt Uzzeron und die Stadt in der Tiefe – Gool, sogar den Elfenhain am Fluß Silhir. Alles, bis hierher, nach Kammardan, stand unter seiner mörderischen

HOLITZKA

Knute. Und die Gestalten, die die Stadt heute bevölkern, tun dann auch alles, um die alten Gerüchte zu untermauern. Aber Mankuso muß längst tot sein, denn die Legenden selbst sind ja schon mindestens . . . warte . . . 150 Jahre alt. Naja, und was die Leute von der Felsenstadt betrifft . . . Lauter Halsabschneider und Diebe und Bettler und – du wirst ja sehen."

„Und warum hast du dann ausgerechnet Kammardan als Treffpunkt gewählt?" wollte Mischa erstaunt wissen.

„Ich habe nur daran gedacht, daß die Stadt wenigstens einigermaßen auf dem Weg zum Tal der Geisternebel liegt. Daß dort auch die elendigsten Halunken zu finden sind, habe ich – äh – im Eifer des Gefechts ganz verschwitzt." Er gab sich zerknirscht.

„Vielleicht war es trotzdem gar keine schlechte Idee." Mischa überlegte kurz. „Wer würde uns schon in der Höhle der Löwen vermuten . . . Aber sag mal: warum haben die Leute von Kammardan keine Angst, so nahe an der Schlucht der Stummen Seelen zu leben?"

„Die brauchen sie nicht zu haben", meinte Rajd schulterzuckend. „Sie stehen unter dem Schutz der Meister. Selbst wenn tatsächlich die grausigsten Phantome die Schlucht bevölkern, wie es ja heißt, und mit ihren bösen Visionen heraufgreifen könnten – es würde nichts dran ändern. Wer unter dem Schutz der Meister steht, der braucht nicht einmal das Böse aus den schwarzen Abgründen zu fürchten. So ist das."

„Gleich und gleich gesellt sich gern", murmelte Mischa und zog den Kopf wieder ein, denn Zafasch sauste jetzt im Tiefflug auf die Stadt zu.

Links vor ihnen tauchte einer der Wachttürme auf. Die Stimmen der dort postierten Wächter waren deutlich zu hören: ein gelegentliches knappes Reden, dann und wann rauhes Gelächter.

Im nächsten Moment huschte der fliegende Teppich über

den Turm hinweg – so dicht, daß Mischa hörte, wie der Stoff über die Schindeln streifte. Ihm wurde ganz schlecht vor Angst. Wenn sie jetzt entdeckt wurden, dann nahm ihnen kein Mensch ab, daß sie nicht in feindlicher Absicht gekommen waren.

Aber – sie wurden nicht entdeckt.

Drei Lidschläge später sank Zafasch in einen düsteren Hinterhof hinunter.

Ringsum begrenzten ihn finstere Hauswände. Nur hinter einem Fenster dicht unter dem Giebel eines schmalbrüstigen Gebäudes brannte Licht, und ab und zu sah man einen Schatten umhergehen.

Ein Ruck, dann landeten sie. Rajd hatte nicht aufgepaßt und gerade den Kopf gehoben. Jetzt krachte sein Kinn auf den harten Boden. „Mmmpf!" machte er.

Mischa zog den Verspielten König hoch. „Ein echter Kalif kennt keinen Schmerz", tröstete er ihn halblaut.

„Du hast gut reden", brummte Rajd zwischen schmerzhaft zusammengebissenen Zähnen hervor.

Sie stiegen von Zafaschs Rücken und blickten sich sichernd um. Alles blieb still. Niemand hatte ihr unerlaubtes Eindringen bemerkt.

„Wir . . . sind da", sagte Zafasch leise, halb zu sich selbst. Es klang erleichtert. „Damit habe ich meine Schuldigkeit getan, und wenn ihr gestattet, dann ziehe ich mich jetzt zurück. Ich werde versuchen, die Steppennomaden zu erreichen. Bei ihnen werde ich mich erholen. Ah, den ganzen lieben langen Tag in der Sonne liegen, mir die abendliche Brise um die Fransen wehen lassen . . ." Er seufzte wehmütig.

Mischa spürte, daß die Leichtigkeit, mit der er gesprochen hatte, nur aufgesetzt gewesen war. Zafasch würde sich schwer anstrengen müssen, um zurück, ins Steppenland, zu gelangen. Aber Mischa sprach seine Gedanken nicht aus. Er wollte ihnen allen den Abschied nicht noch schwerer machen.

„Tust du mir noch einen letzten Gefallen?“ fragte er leise.

„Aber ja, mein Freund . . .“

„Wenn du deine Herren siehst, zufällig, meine ich. Die Großen Alten vom Goldenen Quell . . .“ Mischa zögerte nur kurz; er wußte selbst nicht, wieso. „Richtest du ihnen etwas aus von mir? Sag ihnen, daß ich sie sehen will. Daß ich mit ihnen sprechen will. Mit ihnen direkt. Nicht über Mittelsmänner. Es ist wichtig.“

„Wenn ich sie sehe, werde ich ihnen das von dir bestellen“, versprach der fliegende Teppich gutmütig. „Aber in letzter Zeit haben sie sich sehr zurückgezogen. Sie verstekken sich; selbst vor ihren treuen Dienern . . . selbst vor mir. Es ist eigenartig, aber es muß wohl mit der sich ausbreitenden Macht der Meister der Lüge zusammenhängen.“ Er schwieg kurz, und Mischa kam es so vor, als würde er forschend und auch liebevoll angesehen. „Ich bin froh, daß du wieder hier bist, auf Camelon. Du hast das Zeug in dir, etwas zu bewirken. Die Machtverhältnisse zu verschieben – und zwar zu Gunsten des Guten. Ich spüre es, Mischa.“

„D-danke“, entgegnete er verlegen. „Und vielen Dank für alles, was du für mich getan hast, Zafasch.“

„Ich habe es gerne getan. Das weißt du.“ Zafaschs Stimme klang belegt. Offenbar konnte er sich genausowenig entschließen, aufzubrechen, wie Mischa. Dafür drängelte Rajd jetzt.

„Wir können hier nicht ewig palavern. Mensch, das ist doch kein Abschied für immer. Wir besuchen dich, alter Höhenflitzer!“

„Bestimmt . . . ja“, meinte Zafasch und erhob sich mit einer leichten Schlängelbewegung.

„Paß auf dich auf!“ sagte Mischa mit einem großen Kloß im Hals.

Der Teppich hatte keine Zeit mehr, eine Erwiderung zu geben!

Nur ein paar Meter entfernt, in einem dunklen Torweg, wurde ein scharrendes Geräusch laut!

Mischa prallte zurück. „Los, Zafasch! Durchstarten!"

Der fliegende Teppich bewegte sich, glitt hoch, nur um gleich darauf wieder herunterzusacken. Das wurde zu knapp! Zafasch kam nicht rechtzeitig weg! Schritte näherten sich.

Die beiden Soldaten sah Mischa im nächsten Moment. Wie Gespenster tauchten sie in dem Lichtkegel auf, der von dem einsamen hellen Fenster herunterfiel. Sie trugen lederne Kleidung: Wams und Hosen, dazu hohe, schwarze Stiefel. Über Brust und Schultern verliefen Eisenbeschläge. Die Gesichter waren nur dunkle Schemen. Lange verfilzte Haare quollen unter halbrunden Helmen hervor.

Mischa zerrte Rajd mit sich in die Deckung eines hohen Balkenstapels, dann pirschten sie lautlos weiter. Brennesseln wucherten hier. Morsche Holzlatten waren darunter verborgen. Man mußte höllisch aufpassen, wohin man trat.

Mischa erreichte das Ende des Stapels und sah die gezückten Schwertklingen der Soldaten in der Nacht funkeln. Die beiden Männer hielten genau auf den hilflos zwei Meter in der Luft zappelnden fliegenden Teppich zu, hatten ihn aber offenbar noch nicht gesehen.

Mischas Entschluß stand fest! Er hob einen Steinbrocken auf, überlegte nicht mehr lange – und schleuderte ihn genau in die entgegengesetzte Richtung. Es wurde ein Volltreffer – in jeder Hinsicht. Glas zersplitterte, ein dumpfes Poltern und Klirren und Scheppern hallte durch die Nacht. Schreie ertönten. Hinter dem eingeworfenen Fenster flammte Helligkeit auf.

Die beiden Soldaten brauchten keine Worte, um sich zu verständigen. Lautlos wirbelten sie herum und stürmten los: wie Bluthunde, die die Spur des tödlich verletzten Wildes aufgenommen hatten.

Zafasch aber kam höher und höher – und startete dann

endlich zu einem halsbrecherischen Steilflug durch, rasierte über die Hausdächer hinweg, fetzte ein paar Schindeln mit sich – und die Trümmer derselben regneten im nächsten Moment mit lautem Geprassel über die Dächer herunter. Das Chaos war perfekt!

Die Soldaten hatten jetzt ein doppelt interessantes Rätsel zu lösen. Mischa duckte sich zufrieden. Rajd wollte ihm das nachmachen, plumpste aber der Länge nach in die Brennesseln. Beinahe hätte sein Aufheulen alle auf sie aufmerksam gemacht, aber Mischa konnte ihm gerade noch die Hand auf den Mund drücken.

Die Soldaten stoppten, blickten sich um. Hatten sie doch etwas gehört? Der Plumps war zwar nicht zu laut gewesen, aber . . .

Nein, offenbar war das noch immer andauernde Scheppern der herunterfallenden Dachplatten lauter. Sie zogen sich zurück und spähten zu den Dächern hinauf.

Mischa und Rajd rappelten sich hoch und pirschten in die andere Richtung davon. Sie fanden auf Anhieb eine zweite, enge Gasse, die aus dem Hinterhof hinausführte und tauchten in die Schatten zwischen den Häusern ein.

★

Minuten später erreichten sie eine verhältnismäßig breite Straße, die sich zwischen den düsteren Häuserfronten entlangschlängelte, und folgten ihr. Der Boden war mit klobigen Pflastersteinen ausgelegt. In den Hauseingängen regte sich verstohlenes Leben. Mischa sah es erst im letzten Moment. Es war, als würde man ihm die Füße unter dem Leib wegziehen, als würde ihn der Boden verschlingen! Der Schrecken durchloderte ihn mit fürchterlicher Gewalt! Aber Mischa fing sich sofort wieder – kampfbereit wirbelte er herum.

Bleiche Gestalten in zerlumpten Kleidern richteten sich stöhnend und mit rasselndem Atem auf. Knochige Hände hoben sich . . .

Doch sie hoben sich nicht zum Angriff oder zu einer feigen Attacke, sondern um zu flehen und den Fremden leere Blechschüsseln entgegenzurecken. In dunklen Augen, die in tiefen Höhlen lagen, flackerte Pein und namenloses Elend.

„Bitte . . . gebt uns eine milde Gabe, junge Herren", bettelte der am nächsten stehende Mann. Er war klapperdürr, und sein großer Kehlkopf hüpfte rasend schnell.

„Wir haben Hunger! Gebt uns zu essen! Bitte! Gebt uns zu essen!" fiel eine zweite Stimme ein.

Und dann folgte ein wahres Stimmengewirr. Aus zahllosen Ecken, Winkeln, Nischen, Durchlässen – selbst aus Kellerfenstern, die Mischa bisher noch nicht gesehen hatte, tauchten die zerlumpten Gesellen auf: eine träge Flut kranker, bleicher, abgehärmter Gestalten, deren Lumpenkleider über den Boden streiften und raschelten.

Es war ein gespenstischer Anblick, aber Mischas Angst verschwand so schnell wieder, wie sie hochgeschossen war. Seine Hand krallte sich in Rajds Arm. Unwillkürlich blieben die beiden Freunde stehen.

„Ich – ich kann das nicht mit ansehen!" stöhnte Rajd ganz kläglich und kramte seine Geldbörse unter dem prunkvollen Kalifenwams hervor.

„Bitte . . . eine Gabe! Der Hohe Lord Zaparan wird es euch im vierten Himmel lohnen! Bitte . . . habt Mitleid . . ."

„Ihr jungen Herren . . . Gnade . . . zeigt Mitleid für die Ärmsten der Armen!"

Und die Bettler Kammardans rückten aus den Schlagschatten der Häuser hervor. Mischa blickte sich wild um. – War das eine Falle? Inszeniert, um sie aufzuhalten, bis die Soldaten kamen? Denn ihr Eindringen mußte DOCH irgendwie bemerkt worden sein; das Auftauchen der beiden Männer im Hinterhof sprach eine deutliche Sprache.

Rajd kramte noch immer in seiner Börse.

„Beeil dich!" zischte ihm Mischa zu.

Die Bettler umringten sie jetzt wie eine Mauer. Das Grauen, aber auch das Mitleid lähmten Mischa, und Rajd erging es nicht besser. Er verteilte eine Handvoll Münzen an die Umstehenden, wühlte wieder in seiner Börse, ruckte dabei den Kopf immer wieder hoch und starrte die knochigen Gesichter an, die von dünner, pergamentartiger Haut überzogen waren, die verfilzten, struppigen Gesellen. Immer näher rückten die Bettler. Rajd streute weitere Münzen in die Blechschalen, und ein dankbares und verblüfftes Raunen begleitete das silberhelle Klimpern. Die Menge teilte sich, und Rajd wollte seine Börse gerade wieder einstecken . . . da überlegte er es sich anders. „Ich habe genug davon", brummte er. „Außerdem bin ich sowieso zu schwer. Da. Nehmt!" Und er leerte den gesamten Inhalt seiner Geldbörse in seine linke offene Hand und verteilte die Silber- und Goldstücke so selbstverständlich, als seien es nur Bonbons. Sein großes Herz hatte wieder einmal die Oberhand gewonnen. Auch Mischa kramte in seinen Taschen, aber außer ein paar Mark- und Zehnpfennigstücken war da nichts zu finden. Und er glaubte nicht, daß dieses Geld in Kammardan etwas wert war.

Das Raunen der Bettler verwandelte sich schlagartig in ein ehrfürchtiges und dankbares Aufstöhnen. Jeder bekam von dem Geldsegen ab. Dann wichen sie zurück.

„Danke, edle Herren! Danke! Der Segen des Himmels auf euch!"

Und sie rückten zurück, wie sie gekommen waren: mühselig, schlurfend, gebeugt.

Mischa zog Rajd mit sich.

Der war noch immer ganz benommen. „Vielleicht könnte ich ihnen noch mein Wams schenken. Es ist kalt in Kammardan . . ."

Aber das tat er dann doch nicht. Sie eilten die Straße entlang. Weiter vorn wurde es heller. Fackeln waren in wuchtigen Eisenhalterungen angebracht und beleuchteten die

Straße mit zuckender Helligkeit. Zwei Betrunkene – ein Mann und eine Frau – torkelten zwischen Hauswand und Rinnstein hin und her.

Mischa und Rajd überholten sie, bogen in eine andere enge Gasse ein, durchquerten mehrere Hinterhöfe und erreichten eine andere breite Straße. Hier war es heller. Laute Musik schlug ihnen entgegen.

„Da ist es! Das Wirtshaus zum *Fetten Bock!*" verkündete Rajd zufrieden. „Meine Nase hat uns hingeführt."

Er übernahm die Führung, stapfte auf das Wirtshausportal zu, stieß es auf und trat ein.

Von drinnen brodelte die laute Musik heraus. Männer und Frauen redeten durcheinander. Immer wieder brandete Lachen auf, und Mischa mußte unwillkürlich daran denken, daß nur ein paar Straßen weiter den Bettlern von Kammardan gewiß nicht nach Lachen zumute war. Die Musik pausierte – und setzte mit einem wilden Tusch wieder ein. Trommelschläge folgten, dazwischen immer wieder das helle Scheppern von gegeneinandergeschlagenen Blechpauken und das harte, rhythmische Wummern einer Baßgeige.

Mischa folgte Rajd den langen, nur schwach erleuchteten Korridor hinunter, dann bogen sie nach rechts ab. Rajd wischte einen Perlenvorhang beiseite und drückte die dahinter befindliche Tür auf.

Rauchschwaden quollen aus dem riesengroßen, mit Menschen vollgestopften Raum. Das also war die andere Seite des Lebens in der Felsenstadt!

Mischa und Rajd hatten sich nach einem kurzen staunenden Rundblick ins Gewühl hineingekämpft und drängelten jetzt weiter. So sehr sich Mischa auch reckte – er bekam nicht zu sehen, was hinten los war.

Er stoppte, zupfte Rajd und bedeutete ihm, zu warten. Dann stellte er sich auf die Zehenspitzen und äugte über das wogende Köpfemeer hinweg.

Auf einem leicht erhöhten Podest waren silbrige Schimmer und Reflexe zu sehen – silbrige Schimmer mit menschlichen Konturen! Es sah aus, als hätte man Sternenstaub in gläserne Menschenformen gefüllt. Nur – die Formen da hinten waren nicht aus Glas. Das waren tatsächlich lebende Wesen! . . . Und – sie waren aneinandergekettet. Das erklärte das Gerassel.

„Heb mich mal hoch!" bat Mischa seinen Freund.

Rajd kam der Bitte umgehend nach. Jetzt hatte Mischa freie Sicht, blinzelte in die Rauchschwaden hinein und versuchte, das Geräuschchaos der durcheinanderbrüllenden, lachenden und schreienden Menschen zu ignorieren. Pfiffe gellten. Händeklatschen wurde laut.

Und da hinten, auf dem Podest, tanzten die gefangenen Sternenstaubwesen schneller.

Sie waren kaum größer als Zwerge. Ihre Gesichter, ihre Körper – nichts als schimmernde, nebelartige Flächen. Augen, Nase oder gar Ohren waren nirgends zu sehen. Dafür waren die Füße eine echte Besonderheit: die paßten nämlich ÜBERHAUPT nicht zu den Zwergenkörpern, sondern waren riesengroß. Die fünf Zehen wirkten wie kleine Baumstämme. Und mit diesen gewaltigen Tretern schlugen sie den Rhythmus auf den Boden, daß es nur so krachte und polterte.

Rajd stieß einen keuchenden Laut aus und ließ Mischa los. Er tauchte wieder ein in die schwitzende, begeisterte, schreiende Masse.

„So eine Gemeinheit!" fauchte Mischa.

„Poltergeister!" ächzte Rajd. „Das sind Poltergeister. Gefangene, glücklicherweise. Sie lassen sie hier tanzen, sozusagen als Strafe für ihr Verhalten, ihr ungebührliches."

„Ungebührliches Verhalten?" echote Mischa.

Rajd zog ihn weiter mit sich durchs Gewühl. „Klar. Die kleinen Kerle sind normalerweise unsichtbar, wie unser Kobold El Botzo. Sie verstecken sich irgendwo auf dem Dachspeicher und betrachten das dazugehörige Haus fortan als das ihre. Damit's gemütlich wird – und die darin wohnenden Menschen auch baldmöglichst ausziehen, poltern sie jede Nacht wie die Irren. Das geht dir irgendwann ganz schön aufs Gehör, sag ich dir. In meinem Palast in Kuur hatte ich auch ein paar solche Gesellen. Bloß sind die vor mir ausgezogen, weil ihnen meine magischen Versuchsreihen dann doch zuviel geworden sind." Rajd kicherte in sich hinein. „Einmal hab ich einen von ihnen in einen Zwerghasen verwandelt. Aus purem Versehen natürlich. Ich wollte ihm eigentlich Federfüße verpassen. Damit er leiser poltert."

Mischa schüttelte den Kopf. Endlich waren sie an der Theke.

Rajd machte sich mit beiden Ellenbogen Platz. An Örtlichkeiten wie dieser war er der Erfahrene, das merkte man. „Für uns sind Zimmer reserviert worden!" brüllte er einem der Mädchen zu. Sie hörte kurz her, nickte, wischte sich mit dem Armrücken übers erhitzte und schweißnasse Gesicht – und machte weiter, als existiere Rajd gar nicht.

Der schüttelte verdutzt den Kopf, schob seinen Turban in den Nacken und versuchte es unverwüstlich noch einmal. Beim sechsten Versuch klappte es endlich.

„Ja! Nach hinten!" wurde zurückgebrüllt.

Sie umrandeten die Theke, stießen mit einer Serviererin zusammen, bekamen einen kühlenden Guß aus schäumendem Bier über ihre Kleider, ernteten dazuhin etwa ein Dutzend Rippenstöße von der wogenden Menschenmenge – und wurden endlich vom Wirt in Empfang genommen.

Er war ein gewaltig großer, klobiger Bursche, fast genauso breit wie hoch. Seine Glatze glänzte wie poliert. Er war ein Bär von einem Mann, und das weite, sackähnliche Gewand, das er trug, unterstrich diesen Eindruck noch. An der spekkig glänzenden Lederschürze wischte er sich jetzt die Pranken ab. Sein Gesicht zerknitterte unter einem wölfischen Grinsen. Der Schmetterling, den er sich auf die linke Gesichtshälfte hatte tätowieren lassen, schien tatsächlich zu flattern.

„Nichts für ungut, die Herren! Euer Diener El Botzo hat bereits alles geklärt und bezahlt! Die Zimmer sind vorbereitet . . ."

„Wird der Lärm noch lange andauern?" wollte Rajd mit einem Kopfrucken zu den tanzenden Poltergeistern hinüber wissen.

„Aber nein! Sie sind die Attraktion des Abends – und Attraktionen soll man sparsam einsetzen", philosophierte der Wirt und ließ bereits wieder sein Grinsen aufleuchten.

Trotzdem gefiel Mischa etwas an diesem Mann nicht – die Augen. Sie lachten niemals mit. Kalt und gefühllos und grau wie Kieselsteine musterten sie sie; und besonders auf ihm blieben sie für einen Sekundenbruchteil länger haften.

„Wie heißt Ihr, Wirt?" fragte Mischa.

„Konradus, junger Herr! Zu Euren Diensten!"

„Wir sind müde . . ."

„. . . und hungrig!" ergänzte Rajd eilig. Wie zur Antwort knurrte sein Magen.

„Und möchten so schnell wie möglich in unsere Räume", beendete Mischa. „Wo ist unser Diener?"

„Er wartet oben, junger Herr. Und das Essen –" Er dienerte zu Rajd hin und rieb die großen Hände mit den stummeligen Bratwurstfingern geschäftstüchtig aneinander – „wird selbstverständlich in die Suite serviert werden. Ich verbürge mich dafür!" Wieder dienerte er, daß die Schweißtropfen nur so von seinem Gesicht spritzten.

Warum ist er so nervös? dachte Mischa alarmiert. Warum so überfreundlich. Das hat der Stier von einem Mann doch nicht nötig.

Und – warum stellt er keine Fragen? Er sieht doch an unserer Kleidung, daß wir von weither kommen. Das müßte ihn doch interessieren. Wirte sind gesprächig. Aber anders als er! Oder will er nur nicht als neugierig erscheinen? Tue ich ihm Unrecht? Na, besser, ich passe auf. Nachtigall, ich hör dich stampfen!

Der Wirt Konradus führte sie aus dem großen Gastraum hinaus, und als die schwere Bohlentür hinter ihnen ins Schloß fiel, blieb das Stampfen der Poltergeister, das Johlen und Kreischen und Klatschen der Gäste und das Vibrieren des Bodens zögernd hinter ihnen zurück. Sie folgten einem langen Korridor, in dem es finster war. Die massige Gestalt Konradus', der vorausging, war nur noch zu erahnen.

Da legte sich von hinten eine eiskalte Hand auf Mischas Mund!

10. Der Hinterhalt

Mischa reagierte mit einer Schnelligkeit, die an Zauberei grenzte! Er packte das Handgelenk, ruckte nach vorn und hebelte den heimtückischen Angreifer im hohen Bogen über sich hinweg. Rajd konnte gerade noch mit einem irren Hüpfer ausweichen, dann prallte der Kerl gegen den Rücken des Wirts. Ein Schrei gellte. Mit einem zornigen Brummen ging Konradus zu Boden.

„Eine Falle, Rajd!" keuchte Mischa und stürmte los. Bevor der Wirt reagieren konnte, war er bereits über ihn hinweggesprungen. Konradus federte hoch. Rajd war dennoch nicht mehr zu stoppen – er flog auf den Wirt zu, dessen Augen sich entsetzt weiteten, und rannte ihn über den Haufen. Zum zweitenmal machte er Bekanntschaft mit dem Boden. Flüche wurden ausgestoßen.

„Los! Hinter ihnen her! Die Meister haben uns nur diese eine Chance gegeben! Los, los, Hundesöhne!"

Mischa war schon an der nächsten Korridortür, drückte sie auf – und dahinter war Helligkeit und neue Aufregung.

El Botzo wieselte ihnen auf seinen krummen Beinchen entgegen. Der Kobold, der seine Größe vom Däumling bis zum zwergengroßen Gesellen beliebig verändern konnte, hatte sich momentan ob der ernsten Lage offenbar für seine Maximalkörpergröße entschieden. Seine schwarze Kutte flatterte, so schnell rannte er. Der breitkrempige Hut mit der hohen Spitze wurde von einer Hand festgehalten.

Das bärtige Gesichtchen des Kobolds drückte nichts als Grausen aus. Der Mund war geöffnet, und die beiden einsamen Zähne – einer oben, einer unten – sah man überdeutlich.

Der Grund für El Botzos Schreckenslauf tauchte jetzt ebenfalls auf. Es war ein bulliger Kerl mit einem vierschrötigen, derben Gesicht. Und dieser Bursche trug einen Dreschflegel in den Händen und ließ erst gar keinen Zweifel daran aufkommen, daß er El Botzo ans Leder wollte – und wie.

Entweder war der Kleine kurzsichtig oder er konnte einfach nicht mehr bremsen. Er rannte jedenfalls gegen Mischa, daß dem Hören und Sehen verging. Daß er nicht rücklings umkippte, war ein kleines Wunder.

„Mischa? Du hier? Ach du dickes Zauberschwein!" ächzte El Botzo. „Jetzt wird alles gut. Bloß – ich hab' keine Zeit. Ich verziehe mich. Da hinten – da hinten – dieser Rohling!"

Der Kerl schleuderte seinen Dreschflegel, und der lange Stiel traf voll: er sauste auf El Botzos schwarzen Hut herunter, zerknautschte die hohe Spitze und landete schließlich – gedämpft – auf dem Schädel des Kleinen.

Der fuhr jetzt herum, und seine Augen funkelten gefährlich.

„Also, das geht zu weit!" fauchte er mit kieksiger Stimme. „Erst wollen sie, daß ich mit den Poltergeistern tanze, und jetzt –"

Die Situation war viel zu brenzlig, als daß Mischa über die keifende Empörung des Kobolds hätte lachen können. Der Wirt und der hinterhältige Angreifer von vorhin hatten sich aufgerappelt und stapften jetzt drohend näher. Konradus hatte seine Maske fallen lassen.

Der andere Kerl, der hinter El Botzo hergewesen war, feixte ebenfalls und krempelte sich die Ärmel seines rotkarierten Hemds hoch.

„Poltergeister . . .“, sagte El Botzo noch einmal versonnen – und dann machte er sich unsichtbar.

Daß er etwas im Schilde führte, konnte man förmlich riechen.

„Hey, du kannst uns jetzt doch nicht im Stich lassen!“ beschwerte sich Rajd.

Da stürzte der Muskelberg vor, der El Botzo das Leben schwer gemacht hatte. Mischa hatte Mühe, dem ersten Angriff auszuweichen. Er tauchte zur Seite weg, schrammte mit der Schulter über die rauhverputzte Wand des Korridors – und der Kerl lief genau in Rajds angsterfüllt hochgerissene Hände. Auch wenn Rajd, der Menschenfreund, gar nicht zuschlug – die Wirkung war enorm.

Der Bulle ächzte, verdrehte die Augen und kippte auf den Bretterboden.

Gleichzeitig wurde aus dem Gastraum entsetztes Geschrei laut.

Mischa zog Rajd, der noch immer verdattert auf seine Fäuste stierte, mit sich. Die Musik, das ferne Gedudel, verstummte in einem schrillen Mißklang.

„Die Poltergeister sind frei!“ kreischte jemand, und dann pflanzten sich vielstimmige Entsetzensschreie durch das ganze Wirtshaus fort.

„Der Kleine mit der schwarzen Kutte und dem Riesenhut hat die Polstergeister freigelassen! Gott steh’ uns bei!“

„Was?“ Der Wirt, der dicht hinter Rajd wetzte und gerade zuschlagen wollte, stoppte. Sein Gesicht nahm einen ungesunden, grünlichen Schimmer an, und wenn es überhaupt möglich war, daß der tätowierte Schmetterling die Flügel hängen lassen konnte, so war das jetzt der Fall.

Aber für Konradus kam es NOCH schlimmer.

Ein handspannengroßer Winzling tauchte wie ein bizarrer Racheengel auf seinem kantigen Schädel auf, rutschte auf der polierten Glatze aus und schlug lang hin. Behende hielt sich El Botzo – denn kein anderer war das – an den großen

Blumenkohlohren des Wirts fest und gebrauchte endlich die beachtliche Keule, die er mitgebracht hatte.

Der Schlag fällte den Wirt.

Den anderen Mordgesellen packte das Grauen, denn so etwas hatte er noch nicht erlebt. Auf den Hacken wirbelte er herum und floh schreiend.

Das half auch nichts. Denn hinter ihm kamen jetzt die Poltergeister. Das ganze Wirtshaus erbebte und erzitterte. Heulen und Schreien erfüllte die Luft. Ein Teil der Korridordecke brach ein. Staub wogte und wallte.

„Nichts wie weg!" riet El Botzo, als er zu Mischa und Rajd heranwetzte.

Sie stürmten los. Botzo machte sich wieder größer, um mithalten zu können. Die Keule ließ er einfach fallen.

„Einen armen, alten Kobold so zu scheuchen", beschwerte er sich kurzatmig.

Der Käsegestank, den er verströmte, ließ Mischa im ersten Moment buchstäblich nach Luft schnappen. Sie hetzten weiter. Vergessen war der Hinterhalt.

„Warum haben sie's denn auf dich abgesehen gehabt?" wollte Mischa wissen.

„Sie haben behauptet, ich sei ein Käsestinker. Und Käsestinker müßten ja auch ganz toll tanzen können."

„Aha!"

Für mehr Unterhaltung blieb keine Zeit mehr. Sie rannten ins Freie hinaus, und hinter ihnen steigerte sich das Poltern zu einem aberwitzigen Krachen und Bersten.

„Jetzt wird die Fete lustig!" sagte El Botzo zufrieden. „Mit Ketten tanzen die Poltergeister ja nur – äh –"

„Schaumgebremst", half Mischa lächelnd aus.

„Ja, schaumgebremst." El Botzo strahlte und zwirbelte im Laufen seinen struppigen Bart, der eigentlich nur die listigen Äuglein freiließ, sehr große und SEHR listige Äuglein. Der kleine Kobold hatte es faustdick hinter den Ohren.

Bloß Rajd und Mischa und Thay-Lee verschonte er mit seinen allzu hahnebüchenen Späßen – jedenfalls größtenteils. Er betrachtete sie als seine Lebensretter, hatten sie ihn doch aus dem auf magische Art und Weise haltbar gemachten Käse befreit, in den er vor 10000 Jahren von einem unfreundlichen Zeitgenossen gebannt worden war. Daher auch der durchdringende Käsegestank, der ihn einhüllte.

Sie stürmten weiter, erreichten die Dunkelheit der Gassen und Straßen Kammardans und drückten sich schwer atmend gegen eine Hauswand.

„Thay-Lee? Wo ist Thay-Lee?“ stieß Mischa heraus.

„Vorhin war sie noch im Wirtshaus“, informierte El Botzo. „Wollte aber nochmal in den Stall und nach Ka-Schir sehen. Sie hat diesem Konradus von Anfang an nicht über den Weg getraut.“

„Aus gutem Grund.“

„Also zum Stall, los, los!“

„Warum denn die Hetze?“ wollte El Botzo wissen.

„Weil der Hinterhalt im Wirtshaus kein Zufall war. Die haben uns erwartet. Die wußten genau, daß wir kommen. Von den Meistern der Lüge. Habt ihr's nicht gehört?“

„Auweih!“ ächzte Rajd. „Wo die Meister auftauchen, da tauchen wir besser unter!“

„Da sagst du was!“ stimmte Mischa hitzig bei. „Deshalb gibt's keine gemütliche Übernachtung, sondern einen Blitzstart, und zwar weg aus Kammardan.“

„Aber –“

Mischa zog Rajd und El Botzo mit sich. Die weitere Unterhaltung mußte im Laufen stattfinden. El Botzo wieselte schließlich voraus, ein lautloser, wachsamer Schemen, der immer wieder nach seinem durch den Stockhieb verbeulten Hut hinauftastete.

„Versteh doch, Rajd. Die Meister wissen genau Bescheid – sie wissen, daß wir hier sind, und wohin wir wollen . . .“

„Aber woher denn bloß?“

„Keine Ahnung. Noch nicht. Mich und Zafasch haben sie

ja auch buchstäblich abgepaßt, als wir die Weiße Zone hinter uns hatten und Camelon erreichten. Vielleicht haben sie noch jemanden wie Morgner – noch jemanden, der die Augen des Bösen aktivieren kann."

„Mist, elender!"

Von da ab hetzten sie schweigend weiter, erreichten den weiten Vorplatz vor dem großen Stallgebäude und sahen und hörten schon von weitem, daß dort ein mörderischer Kampf im Gange war!

★

Thay-Lee! durchzuckte es Mischa glühendheiß.

Er stieß einen wilden Schrei aus – einen Schrei, in dem sich seine ganze Panik, seine ganze Angst, sein ganzer grenzenloser Zorn mischten.

Zehn, zwölf Kerle in dunkelglänzenden Rüstungen drangen auf die blondhaarige Anführerin der ehrenwerten jugendlichen Diebe ein. In der Finsternis blitzten Schwertklingen, das helle Klirren von Stahl gegen Stahl erfüllte zusammen mit Keuchen und Murren und gebrüllten Kommandos die Nacht.

Thay-Lee wehrte sich wie eine Rasende. Ihre langen, blonden Haare flatterten, als sie sich geschmeidig hierhin und dorthin warf, diesen Schwertstreich parierte, gleich darauf einen anderen – und blitzartig wieder zurückwich.

Aber die Angreifer mußten sie überrascht haben – es waren zu viele. Gegen diese Übermacht hatte sie auf Dauer keine Chance. Das mußte sie auch ahnen. Jetzt drangen die Männer geschlossen vor, Stiefel scharrten über das Kopfsteinpflaster. Schreie und Flüche gellten. Thay-Lee wirbelte herum. Einer der Männer brach schreiend zusammen und hielt sich den rechten Arm. Thay-Lee verschwand wie ein Schatten im Dunkel des Stalls. Die Männer hetzten in einem wirren Haufen hinter ihr her.

Mischa, Rajd und El Botzo verloren ebenfalls keine Zeit,

aber sie würden zu spät kommen, so oder so!

Die Verzweiflung schnürte Mischa die Kehle zu. Er raste an dem Kobold vorbei und spurtete über den Platz. Irgendwo weit hinter ihnen war explosionsartiges Poltern zu hören – als hätte man ein Haus gesprengt! Die Poltergeister hatten Konradus' Wirtshaus vermutlich zum Einstürzen gebracht!

Da!

Thay-Lee tauchte auf dem Dach der Stallungen auf.

„Lee!" brüllte Mischa und winkte. „Hierher!"

Sie sah ihn kurz, erstarrte – und paßte einen Sekundenbruchteil lang nicht auf.

„Nein!" Mischa flüsterte es nur. Er sah die hünenhaften geflügelten Männer, die jetzt aus der Finsternis herunterstießen – heranrauschten und Thay-Lee packten und hochrissen. Sie schrie und schlug mit ihrem Schwert zu, traf einen der Angreifer und rasierte einem zweiten dicht über den Kopf hinweg. Die beiden Geflügelten flatterten schreiend zu Boden.

Mischa rannte weiter, verrenkte sich beinahe den Hals, um das Geschehen am Himmel weiterbeobachten zu können.

„El Botzo! Rajd! Tut was!" schrie er nach hinten.

Und tatsächlich fauchte da ein orangeroter Blitz aus Rajds Zauberstab in den Himmel empor, versengte einem der Engel der Finsternis die riesigen, peitschenden Flügel – aber das war auch schon alles.

Thay-Lee wurde von den Unheimlichen immer höher in den Nachthimmel hinauf verschleppt, immer weiter davon! Ihre Gegenwehr erlahmte. Sie wußte, daß es ihr Tod war, wenn sie aus dieser Höhe fallengelassen wurde!

Sie darf nicht sterben! hämmerte es in Mischa. Nicht Thay-Lee! Wenn ihr ihr etwas antut, dann –"

Thay-Lees Schwert wirbelte durch die Luft und schepperte wenig später nur ein paar Schritte von Mischa entfernt zu Boden. Mischa stürmte hin. Gleich darauf glaubte er Thay-Lees Stimme von hoch droben noch hören zu können. „Mischa . . . Die Präriehexen . . . im Stall . . . Ilra und Ris . . . Im Stall!" Der Schrei endete abrupt.

Die Geflügelten waren nicht mehr zu sehen, aber das war auch nicht nötig. Mischa wußte auch so, wohin er sie zu stekken hatte. Es waren – wie Schakka – Engel der Finsternis! Treue Diener der Meister der Lüge! Wie hatte er nur so naiv sein und glauben können, daß die Meister nur einen solchen Diener hatten?

Die schreiende Meute der Schwarzgekleideten kehrte zurück. Mischa hob Thay-Lees Schwert auf – und Rajd und El Botzo waren gleich darauf an seiner Seite.

„Wir müssen warten, bis das Mordgesindel weg ist. Thay-Lee hat irgendwas von Präriehexen gesagt. Ilra und Ris. Sie müssen im Stall sein", informierte Mischa seine Gefährten.

Sie preßten sich gegen eine Hauswand und sahen die Männer in der schwarzen Lederkleidung und den ebenfalls schwarzen Brustharnischen aus dem Stall stürmen. Sie waren guter Dinge, lachten und gröhlten und klopften sich jetzt gegenseitig auf die Schultern.

„Nichts mehr zu sehen!" brüllte einer, der in den Himmel gestarrt hatte. Die anderen versammelten sich um ihn.

„Das hat ja wie am Schnürchen geklappt. Auf die Meister der Lüge ist Verlaß. Und auf ihre Engel auch." Die anderen fielen in das Gegröhle ein.

„Trotzdem, das kleine Luder hat sich wie eine Bestie gewehrt. Zwei Männer haben wir verloren! Verdammt auch! Und ein jeder von uns hat bestimmt irgendwo 'nen Kratzer abgekriegt!"

Die anderen bestätigten das.

„Gut, aber jetzt wird sie zum Elfenhain verfrachtet, und da vergeht ihr das Kratzbürstigsein schon!"

Mischa zuckte wie elektrisiert zusammen. Eine Spur! Er wußte, wohin Thay-Lee gebracht wurde . . .

Die Schwarzgekleideten kamen direkt auf die drei Freunde zu. El Botzo tat das einzig richtige – er machte sich unsichtbar.

Kobold müßte man sein, dachte Mischa sehnsüchtig und blickte sich gehetzt nach einem Versteck um. Sein Herz hämmerte hoch droben in seinem Hals. Seine Rückenmuskulatur schien von Hexenhänden verknotet worden zu sein. Rajd fand vor ihm ein Versteck. Er nickte zu dem schmalen Hauseingang hinüber, zu dem vier Stufen emporführten.

Lautlos huschten die Freunde über die enge Gasse und drückten sich ins Dunkel des Einganges. Da gab die Tür hinter ihnen quietschend nach. Eine bleiche Hand winkte.

Mischa fuhr der jähe Schrecken bis in die Fußspitzen!

★

„Habt keine Furcht! Kommt! Ich helfe euch!" wisperte die bleiche, zerlumpt gekleidete Gestalt.

Es war einer der Bettler!

„Kommt! Hurtig!"

Die drei Freunde – El Botzo war auch da, man ROCH es deutlich – ließen sich nicht lange bitten. Die wuchtigen Schritte der Söldner näherten sich rasch. Schon fielen die Schatten der Männer in die Gasse – bizarre Tintenkleckse auf dem Kopfsteinpflaster.

Leise und behutsam drückte der Bettler die Tür wieder zu.

„Das – das sind keine Kammardaner", murmelte Rajd mit brüchiger Stimme.

Der Bettler wischte die Kapuze von seinem Kopf und glättete sein schulterlanges, schlohweißes Haar, das darunter zum Vorschein kam. Sein Gesicht erinnerte an einen Bratapfel. Die Lippen zitterten ständig. Die Augen lagen tief in die Höhlen eingesunken und blickten furchtsam und entschlossen gleichermaßen.

„Es sind die Teufelskerle von Ugo Mankuso, dem Raubritter vom Mörderpaß", sagte der Bettler schließlich krächzend.

Gleich darauf schlug er das Kreuzeszeichen.

„Aber der soll doch schon lange tot sein", warf Rajd mit einem wilden Kopfschütteln ein.

„Seit über hundert Jahren schon – heißt es", bekräftigte der Bettler und winkte mit zittrigen Knochenhänden, ihm zu folgen. „Und doch lebt er, so wie ihr oder ich. Er ist ein Untoter. Seine schwarze Seele stößt selbst den Herrn der Höllen ab, heißt es. So ist er zu einem fürchterlichen Verbündeten der Meister der Lüge geworden. Kommt, meine Freunde. Schnell. Ich kann euch nicht lange Aufenthalt gewähren, doch wenigstens vermag ich euch einen Fluchtweg zu zeigen. Kommt."

„Wir müssen zum Stall zurück", stieß Mischa heraus. „Und – habt ihr Waffen für uns? Schwerter? Oder Pfeil und Bogen? Diese geflügelten Monster haben Thay-Lee!"

Der alte Mann nickte und winkte abermals. Tatterig schritt er den Gang entlang, führte sie über eine steile, knarrende Treppe abwärts und dann durch eine Waschküche in einen finsteren Hof hinaus, der von Gerümpel nur so strotzte.

„Ihr wart großzügig, und so wollen auch wir großzügig sein . . .", sagte der alte Bettler, als er eine alte Plane unter einem Holzstapel beiseitezog und zwei Schwerter freilegte. „Wir sind Bettler, keine Männer der Waffen. Hier, nehmt sie. Es ist alles, was wir an Waffen haben. Leider."

Mischa nahm die Schwerter, dann ergriff er die fieberheiße Rechte des alten Mannes. Die Haut, die sich über die knochige Hand spannte, war pergamentdünn.

„Geht", drängte der Bettler. „Ich bin alt. Wenn sie mich schnappen, weil ich euch geholfen habe, so ist nur wenig verloren. Aber ihr – ihr seid jung, und den Jungen gehört die Zukunft! Geht! Eilt euch!"

„Danke!" murmelte Mischa ergriffen, und Rajd drückte den weißhaarigen Alten so fest an seine breite Brust, daß Mischa schon Angst hatte, er würde ihn zerquetschen. Selbst El Botzo ließ sich zu der ihm eigenen Art von Dankbarkeitsbezeugung hinreißen: Er hüpfte mit einem Riesensatz in die Höhe, klammerte sich am Hals des dürren Bettlers fest und drückte ihm einen feuchten Kuß auf die hagere Wange.

Dann waren die Freunde wieder unterwegs – zum Stall.

★

Die Sorge um Thay-Lee ließ Mischa bedenkenlos jedes Risiko eingehen. Er wartete nur zwei, drei Sekunden lang, nachdem er das Holztor zu den Stallungen aufgedrückt hatte, dann stürzte er mit einem rasanten Satz hinein.

Der erwartete Angriff blieb aus!

Im Hintergrund des düsteren, großen, staubigen Holzbaus – dort, wo die Pferde angebunden waren – erklang Stöhnen. Mischa winkte Rajd und El Botzo. Sie eilten über den Mittelgang nach hinten, duckten sich unter wurmstichigen Balken hindurch. Heu lag überall in großen Fladen umher und raschelte und knisterte unter den Schritten. Der Duft, der davon ausstrahlte, hing betäubend dicht in der Luft. Rajd nieste im Takt seiner Schritte. „Hatschiiii . . .“ Und gleich darauf: „Huatschaaaaa . . .“ Und wieder: „Hatschiiii . . .“

El Botzo fand eine Fackel und entzündete sie mit einem lässigen Schnippen von Daumen und Zeigefinger.

„Vorsicht! Daß du mir nicht den ganzen Bau in Brand steckst!“ warnte Mischa.

Gleich darauf sah er die beiden gefesselten und geknebelten Präriehexen. Ihre Gesichter waren – Katzengesichter! Ein feines, hellbraunes Fell überzog sie. Die schrägstehenden Augen mit den schockgrünen Schlitzpupillen funkelten in wildem Zorn – aber auch in auflodernder Hoffnung. Ungeduldig zerrten die beiden Frauen an ihren Fesseln.

Mischa stürzte zu ihnen, zog sein Schwert blank und durchtrennte die Stricke mit schnellen, ruckartigen Schnitten. Die Präriehexen spien die Knebel aus.

„Seid ihr Ilra und Ris?“

„Ja, aber –"

Mischa erzählte knapp, was geschehen war, und die beiden Präriehexen hörten ihm schweigend zu, während sie sich aufsetzten und ihre Hand- und Fußgelenke massierten, damit die Blutzirkulation wieder in Gang kam.

„Könnt ihr uns helfen?" fragte Mischa. „Wir dürfen Thay-Lee nicht in der Gewalt der Geflügelten lassen!"

„Wir helfen euch!" bestimmte Ilra und schüttelte ihre schulterlange schwarze Haarmähne zurück.

Ihre Gefährtin Ris, die nur ein wenig kleiner war als Ilra, nickte. „Wißt ihr, wohin sich die Teufel verzogen haben?"

„Zum Elfenhain!"

„Gütiger Sh-atar!" entfuhr es Ilra. „Dort lagern auch unsere Schwestern – bei den Elfen. Wie jedes Jahr um diese Zeit beginnen wir, unser Vieh von der Steppe zu holen . . . Wir ziehen damit in den Hohen Hort – ins Winterlager."

„Hoffentlich ist ihnen nichts geschehen!" flüsterte Ris.

„Wo die Meister der Lüge ihre Hände im Spiel haben, sieht es düster aus!" ließ sich Rajd mit dumpfer, hoffnungsloser Stimme vernehmen. Er himmelte Ris an.

„Wir werden die Geflügelten einholen! Mit ihrer Gefangenen können sie nicht zu schnell fliehen", sagte Ilra sachlich. „Wir kennen Thay-Lee. Sie wird es ihnen nicht leicht machen."

„Also los!" preßte Mischa entschlossen heraus.

Sie rannten zu den Pferdeboxen.

Unterwegs drehte sich Ilra halb zu Mischa um. „Diese Mordgesellen haben uns für Gefährten Thay-Lees gehalten und uns deshalb niedergeschlagen. Diese Teufelshunde von Ugo Mankuso! Das ist ein Grund für unsere Hilfsbereitschaft. Der andere – wir mögen die kleine Diebin. Sie hat unsere Sympathie. Und der dritte – wir müssen unsere Schwestern warnen."

Mischa nickte. Er war nicht an Erklärungen interessiert. Hinter seiner Stirn überstürzten sich die Gedanken. Das Tal der Geisternebel . . . Der Elfenhain lag – wie auch Kammardan – in Richtung des Tals der Geisternebel. Ihres erklärten Zieles! Was für einen Sinn hatte also Thay-Lees Entführung dorthin? Die Meister der Lüge hätten doch nur abzuwarten brauchen . . . Wir wären von selbst zum Elfenhain gekommen – und ins Tal der Geisternebel.

Also doch nur eine Ablenkung?

Der Elfenhain . . . Mischa erinnerte sich an die Karten, die sie in Kuur gewälzt hatten. Dieser Ort lag an einer Stelle, an der sich die Flüsse Silhir und Ay trafen. Es war nur ein kleiner Umweg, aber für die Meister mußte es dennoch einen Sinn ergeben, sie dorthin zu locken . . .

Denn natürlich wußten sie, daß er sich an die Verfolgung der Engel der Finsternis machen würde! Oder –?

Sie sattelten die Pferde – herrliche, große, pechschwarze Hengste mit seidig glänzendem Fell und: sechs Läufen!

„Das ist Sturmläufer – und das Windfauch", stellte Ris die beiden Tiere vor.

Sie stiegen auf. Mischa hinter Ilra, Rajd hinter der von ihm mit verklärtem Blick bewunderten Ris. Für ihn mußte buchstäblich Weihnachten und Geburtstag zusammengefallen sein.

„Die Präriehexen", wisperte er Mischa verschwörerisch zu und beugte sich dabei zu ihm herüber. „Ich hab schon viel von ihnen und ihren Wunderpferden gehört. Sie können schneller als der Wind laufen, und – Hey, Botzo! Halt still!" Er schüttelte den Kopf, klammerte sich hastig an der vor ihm im Sattel sitzenden Ris fest und tastete an seinem Turban herum. Dort tauchte der auf Westentaschenformat verkleinerte Kobold jetzt auf.

Dann gellte Ilras Anfeuerungsschrei. „Hyaaaaaa, Windfauch! Lauf!"

Der Hengst machte einen Riesensatz und preschte den Mittelgang des Stalles entlang; Heu und Staub wurden hochgewirbelt. Mischa klammerte sich verbissen an der Präriehexe fest, spürte den sehnigen und muskulösen Körper durch das dünne Lederwams hindurch und hatte – wie Rajd – feurige Ohren. Die sechs Läufe wirbelten. Der muskulöse Körper des riesengroßen Pferdes unter ihnen streckte sich.

Das Doppeltor der Stallungen flog auf. Ilra gab Windfauch die Hacken zu spüren. Die Hufe hämmerten ein rasendes Stakkato auf das Kopfsteinpflaster.

Sie flogen förmlich die Straßen Kammardans entlang. Irgendwo gellten alarmierte Schreie.

„Da sind die Gesuchten! Haltet sie! Schließt die Tore!"

Sturmläufer holte auf. Ris und Rajd kauerten sich tief auf den Pferderücken hinunter. Jetzt rasten die beiden herrlichen Tiere Seite an Seite nebeneinander her. Rajd hatte tatsächlich Mühe, seinen Turban festzuhalten.

Ihre Haare flatterten. Die Tiere machten ihrem Namen alle Ehre. Sturmläufer und Windfauch flogen nur so dahin. Gleich darauf bogen sie in die Hauptstraße ein, die zum Westtor der Felsenstadt führte.

Schon vor weitem sah Mischa, der über Ilras Schulter hinwegspähte, daß die Tore geschlossen wurden.

„Wir kommen durch! Gib Windfauch die Hacken zu spüren!" wisperte er der Präriehexe ins Ohr. „Verlaßt euch auf mich!"

Und die Präriehexen jagten ihre Pferde mit unvermindertem Galopp darauf zu.

Schreie explodierten. Schatten huschten vorbei. Lichter flackerten. Fackeln wurden geschleudert. Aus den Seitenstraßen eilten schwarzgepanzerte Bewaffnete.

Mischa zerrte den Zauberstein aus dem T-Shirt hervor. Er schloß die Augen, konzentrierte sich ganz auf das Tor. Und – er fühlte, wie seine Gedanken *erwidert* wurden. Von – dem Zauberstein!

ICH KANN ES SPRENGEN, wisperte die mittlerweile wohlbekannte boshafte Stimme in Mischa. ICH KANN ES FÜR EUCH AUFBRECHEN. ABER ES KOSTET WIEDER

SEINEN PREIS. DU KENNST IHN. DENKE DARAN. DU KANNST DICH NICHT GEGEN MICH SCHÜTZEN. ALSO BIST DU MEINER GUNST AUSGELIEFERT. VERGISS DAS NICHT. SEI KLUG UND NIMM MEINE HILFE IN ANSPRUCH. MEIN PREIS IST GERING – VERGLICHEN MIT DEM WAS ICH FÜR DICH TUE.

Mischa hatte es längst geahnt, schon seit dem Saugen und Schmatzen, das er auf dem Dach des brennenden Schattenturms in sich verspürt hatte; dieses Saugen, dem er das bedrückende leere Gefühl in sich verdankte . . . Dieses grauenvolle Stehlen . . .

Ja, er hatte es gewußt, wer dafür verantwortlich war! Aber als er jetzt seine ganzen Befürchtungen so abrupt bestätigt sah, da traf es ihn doch wie ein gemeiner Fausthieb.

„SPRENG DAS TOR!" dachte Mischa. Er hatte keine Wahl. Er fühlte, wie er innerlich ganz kalt wurde.

Die Hexen trieben ihre Pferde noch mehr an.

Und dann geschah es. Ein blutroter Feuerschlag fauchte aus dem Zauberstein, den Mischa hoch hielt, raste wie ein Laserstrahl durch die Finsternis und hämmerte in das Portal! Funken eisigen Lichts wirbelten durch die Nacht. Feuerzungen leckten hoch! Das Holz explodierte, brannte lichterloh und war im nächsten Moment nur mehr davonwehende Asche. Der Nachhall des Donners ließ den Wachtturm wakkeln. Die Mauern verschoben sich. Menschen schrien und stürzten von Grauen geschüttelt in Sicherheit.

Gerade noch rechtzeitig.

Sturmläufer und Windfauch rasten durch das zerstörte Tor hinaus – ins freie Land. Niemand konnte sie mehr aufhalten.

11. Hetzjagd zum Elfenhain

Stunde um Stunde rasten sie dahin. Was kein normales Pferd geschafft hätte – die Tiere der Präriehexen schafften es mit Leichtigkeit: sie schienen über den Steppenboden zu fliegen und immer schneller zu werden. Staub und Grasbüschel sprühten nach hinten weg. Das rasende Hämmern der wirbelnden Hufe wurde zu einer begeisternden Begleitmusik. Immer schneller jagten sie dahin. Die Nacht wurde dunkler, und das kalte Glühen der Sterne beleuchtete die Umgebung. Dann verblaßten die Sterne. Der Morgen graute im Osten.

Mischa fühlte sich entkräftet wie nie zuvor. Das böse Gefühl in seinem Innern bereitete sich wieder aus: die kalte Leere, die dem Saugen des Zaubersteins folgte, die ihn gefühllos und taub für alle Strapazen des anstrengenden Ritts machte.

Es war wieder geschehen. Und es würde immer wieder geschehen, wußte Mischa jetzt. Sooft er den Zauberstein GEBRAUCHTE, würde dieser seinen Tribut fordern. Vielleicht waren es liebe Erinnerungen Mischas. Vielleicht so etwas wie Lebens- oder Seelenenergie. Auf jeden Fall: es schwächte ihn.

Wie im Traum bekam er die Hetzjagd zum Elfenhain mit.

Rechterhand drohte die dunkle, kalte Tiefe eines Seitenarms der Schlucht der Stummen Seelen. Weit voraus funkelten und glitzerten die Kristallklippen. Er blickte hin, streifte das alles mit teilnahmslosem Blick. Thay-Lee! Thay-Lee! hämmerte es im Rhythmus des rasenden Trommelschlags der Hufe. Immer wieder: Thay-Lee. Sie dürfen dir nichts antun!

War ihr Leben der Preis für den Zauberstein? Würden ihn die Meister so erpressen? Er nahm es an. Und er verzweifelte beinahe daran, weil er nicht wußte, was er ihnen dann zur Antwort geben würde. Das war das Schlimmste. Er ahnte, daß er den Zauberstein nicht mehr einfach hergeben konnte, selbst wenn er dies gewollt hätte. Es bestand inzwischen ein seltsames Band zwischen ihnen – eine Art gegenseitige Abhängigkeit. Er hatte sich der Macht des Steins bedient, und damit war der Handel gültig geworden.

Der Teufelshandel . . .

Jetzt mußte er dafür bezahlen. Immer wieder.

Die Hexen trieben ihre Pferde durch eine seichte Furt des Silhir. Das Wasser spritzte und gischtete. Silberne Tropfen regneten durch die Luft und sprühten auf sie herunter.

Bald darauf waren die Kristallklippen weit zurückgefallen und nicht mehr zu sehen. Weiter ging der rasende Ritt. Mischa verspürte keinen Hunger und keinen Durst.

Immer weiter jagten sie am Silhir entlang, und bald darauf tauchten weit, weit voraus die ersten grünen Spitzen der hohen Tannen des Elfenhains auf.

Wofür man mit normalen Reittieren drei oder vier Tage gebraucht hatte, hatten die Sturmrösser der Präriehexen gerade ein paar Stunden benötigt!

★

Die Sonne stieg höher, und die Schatten der Freunde wurden länger.

Dennoch – etwas stimmte nicht. Denn während es ringsumher ein wunderschöner, warmer Tag zu werden verhieß, quollen vor ihnen dichte Nebelwolken. Die grauen Schlieren umwogten die schlanken Tannen des Elfenhains, krochen wie überdimensionale Finger an den Stämmen empor und wurden immer dichter.

Auch den Präriehexen war das aufgefallen.

„Das hat's noch niemals hier gegeben", rief Ilra über die Schulter zurück. „Jedes Jahr lagern wir hier, im Hain, doch niemals –" Der Rest des Satzes wurde ihr vom Wind von den Lippen gerissen.

Aber Mischa wußte auch so, woran er war. Sein Blick

schweifte nach rechts hinüber, wo einer der Ausläufer der Schlucht der Stummen Seelen in spitzen Verästelungen bis weit an den Hain heranreichte!

Ein fürchterlicher Verdacht kam ihm!

Er bestätigte sich Minuten später, als sie in den Waldweg und die ersten Ausläufer des Nebels hineinpreschten!

★

Es war kein natürlicher Nebel!

In dichten, grauen Schwaden trieb er über den Waldweg, der zwischen den hohen Tannen dahinführte. Das weiche Moospolster des Bodens dämpfte den Hufschlag. Geheimnisvoll quirlte der Nebel, als sie hindurchrasten. Und je weiter sie voranstürmten, desto aufgeregter und gieriger brandete er heran – wie eine graue Mauer, wie ein wanderndes Gebirge oder ein Riesenschwamm, in dem sich Schatten bewegten, in dem Funken aufglühten und erloschen, in dem sich Fratzen bildeten und gierige Hände entstanden.

Bald sah man nicht einmal mehr die Hand vor Augen. Ilra zügelte Windfauch zu einer langsameren Gangart.

„Das gefällt mir nicht!" flüsterte Mischa in ihr Ohr.

„Mir auch nicht, Rothaar!"

Das feine, durchdringende Sirren hing bereits in der Luft, raste heran – dann sah Mischa die Schlinge direkt über Ilra auftauchen!

Es war eine Schlinge aus purem Nebel!

Für eine Warnung war es zu spät! Die Nebelschlinge fiel herunter, wickelte sich um Ilras Oberkörper – und riß sie aus dem Sattel. Mischas Hände rutschten an der davonwischenden Präriehexe ab. Er schluchzte, warf sich nach vorn und packte die Mähne von Windfauch. Aber das Tier ließ sich nicht zügeln. In riesigen Sätzen preschte es weiter, über umgestürzte Baumstämme, über moosweichen, federnden Boden – weiter, immer weiter.

Die Ereignisse überstürzten sich, das erkannte Mischa in

einem blendenden Augenblick schrecklichen Entsetzens!

Weitere Schlingen zischten heran. Mischa duckte sich tief über die Mähne seines Tieres. Rajd schrie. Mischa ruckte im Sattel halb herum und sah gerade noch, wie auch Ris vom Pferd gerissen wurde, aufschlug, um die eigene Achse rollte und wieder hochfederte. Die Nebelschlinge war verschwunden! Ris lebte – das allein war wichtig!

Umkehren konnten sie nicht! Die Tiere rasten wie an unsichtbaren Fäden gerissen weiter!

Dann teilte sich die Nebelwand vor ihnen – in großen, weichen, wogenden Wellen schwebten die Schlieren auseinander, und Windfauch raste in das sanfte Morgenrot hinaus. Blitzartig erfaßte Mischa die Situation.

Rechter Hand erhoben sich Ruinen – offensichtlich die Überreste einer gigantischen alten Abtei! Ganze Mauerteile standen noch, dazu mehrere Arkadengänge und auch alte Kopfsteinpflaster-Straßen gab es noch. Das Unterholz hatte alles überwuchert. Tannen ragten zwischen den verwitterten Trümmern empor. Im Hintergrund waren hohe, spitze, gezackte Felsen zu sehen. Eine Eule flatterte aufgescheucht von einer einsam stehenden Tanne hoch.

Und das hatte seinen Grund. Acht, zehn Engel der Finsternis spritzten auseinander, die Schwerter in den Fäusten.

Thay-Lee, die sie gerade an einen Holzpfahl hatten fesseln wollen, stand plötzlich unbewacht in dem Gewirr der rennenden, flatternden Gestalten.

Mischa gab Windfauch die Hacken zu spüren und der gewaltige Hengst brauste wie ein Sturmgewitter voran, schnellte sich in einem riesigen Satz über die vordersten Geflügelten hinweg, kam zehn Meter weiter auf und preschte in rasendem Galopp weiter. Mischa beugte sich zur Seite, sah Thay-Lee wie erstarrt stehen und zu ihm herblicken, dann war es so weit.

Alles ging blitzschnell, als hätten sie es bereits hundertmal geübt, als seien sie wie Zirkuskinder mit dieser Übung aufge-

wachsen. Mischa klammerte sich mit der linken Hand an Windfauchs Mähne fest und streckte seinen rechten Arm aus, spannte die Muskeln an. Windfauch raste noch schneller dahin. Der Boden war eine huschende, unebene Fläche. Thay-Lee streifte jetzt hastig die Handfesseln ab, wandte sich um und rannte in die gleiche Richtung wie Windfauch, und dann, als er neben ihr war, sprang sie. Mischa fing sie buchstäblich aus der Luft heraus ab, zog sie mit einem kraftvollen Ruck auf den Pferderücken. Unwillkürlich stieß er einen begeisterten Schrei aus.

Thay-Lee setzte sich hinter ihm im Sattel zurecht, klammerte sich an Mischa fest, schmiegte sich kurz ganz fest an ihn und legte ihre Wange auf seinen Rücken.

Er glaubte sogar, ihr Herz hämmern zu hören.

Keiner von ihnen beiden sprach. Windfauch jagte weiter. Mischa spähte über die Schulter zurück, sah Thay-Lees Gesicht, die Tränen, die in ihren Augen glitzerten; Freudentränen. Er wurde rot. Und er freute sich. Ein überschäumendes Gefühl war in ihm – wie ein Orkan, der einen gewaltigen Damm zerfetzte und damit noch mehr Unheil anrichtete. Er hätte schreien mögen, aber für Freude war es doch noch zu früh.

Die Engel der Finsternis hatten sich von ihrer Überraschung erholt und flatterten jetzt mit aufgeregt peitschenden Flügelschlägen heran. Gefährlich funkelten die Schwerter. Die Teufel nahmen die Verfolgung auf! Rajd brauste unter ihnen hindurch, und da er das Reiten offenbar noch weniger gewohnt war als Mischa, hüpfte er bei jedem Satz Sturmläufers wie ein riesiger Ballon auf dem Pferderücken hin und her.

Aber er war auch durchgebrochen . . .

Sie konnten es schaffen . . .

Rajd war auf Sturmläufer jetzt direkt neben ihnen.

„Ihr habt keine Chance!" donnerte es da aus allen Richtungen heran. „Ihr könnt nicht entkommen, denn wir haben euch umzingelt! Es ist nur ein Aufschieben des Unvermeidlichen, wenn ihr weiterflieht! Ergebt euch – oder ergebt euch nicht, und die Präriehexen und sämtliche Elfen dieses Hains sind des Todes. Wir haben sie alle in unserer Gewalt! Das – Mischa – das ist der Preis für den Zauberstein!“

Dumpf und hohl, wie aus einer kalten Gruft, hämmerten die Stimmen aus allen Richtungen heran, und er wußte, wem diese Stimmen gehörten. – Dem Nebel!

Mischa zügelte Windfauch. „Das ist doch nur ein Bluff!“ rief er zurück.

„Nein“, hauchte Thay-Lee hinter ihm. „Es stimmt. Ich habe sie gesehen. Sie haben sie in den Katakomben unter der alten Abtei zusammengepfercht. Und die Raubritter Ugo Mankusos bewachen sie.“

Mischa überlegte blitzartig. Die Freiheit schien so nahe. Vor ihnen wallten die Nebel nur in dünnen Streifen . . . zwei, drei Arkadengänge weiter gab es einen Durchlaß aus dem Ruinenfeld, und dahinter führte eine steinige Straße in sanften Kehren direkt auf die nadelspitzen Berge zu – und auf den Turm, der spitz, wie ein umgekehrt herum aufgestellter Tropfstein, von feinen, seltsamen Felswindungen umschlungen, dort hinten emporragte. Und auf der Spitze dieses Turmes . . .

Mischa schnappte nach Luft. Dort tauchten neue Nebel auf! In einem blendendweißen Strahl wirbelten sie heraus und schlängelten sich durch die Luft und brausten heran – genau auf die Ruinen zu!

Windfauch scheute, und Mischa hatte Mühe, im Sattel zu bleiben. Der Hengst bäumte sich auf, schlug mit den Vorderläufen nach dem unheimlichen Weiß – tänzelte weg und wieherte schrill.

„Ganz ruhig, Windfauch!“ Mischa zügelte ihn und tätschelte seinen Hals. Die Entscheidung, das war ihm klar, war längst gefallen. Er hätte die Präriehexen und die Elfen nicht im Stich lassen können – niemals. Er hatte es gewußt, vom ersten Augenblick an.

„Absteigen!“ wies er Thay-lee an und sprang aus dem Sattel. Die Anführerin der Diebe tat es ihm geschickt nach. Mischa zog sein Schwert. Das andere reichte er Thay-Lee. Rajd kam bereits auf sie zugewetzt – und er hatte zwei Zauberstäbe in den Händen.

„Zurück, in die Ruinen!“

Sie hetzten über die Steinplatten. Windfauch und Sturmläufer jagten wie von Sinnen davon. Die Nebel kamen, quollen als dicke, schlierige Springflut in den Ort der Zerstörung herein und breiteten sich aus.

Fieberhaft hielt Mischa nach einem Ausweg Ausschau. Hinter seiner Stirn jagten sich die Gedanken. Ein Königreich für eine List! Er packte seine Klinge fester, und ein eigenartiges Kribbeln strahlte vom Zauberstein aus. Die Verzweiflung und der Zorn, doch noch in der Falle gelandet zu sein, waren wie ein reißender Strudel.

Mischa machte sich Vorwürfe. Er hatte gespürt, daß das hier eine Falle war, und doch war er wie ein kleiner dummer Junge hineingerast.

Die Engel der Finsternis stoben wie riesige Habichte auf sie herunter. Rajd wirbelte seine Zauberstäbe. Funken prasselten hervor. Mischa war kurz abgelenkt gewesen, aber jetzt schlug er mit vernichtender Wucht zu, als er das Kinn eines der Geflügelten direkt vor sich sah. Die Wirkung war toll – der Engel der Finsternis wurde zurückgeschleudert, in den Haufen der anderen und ging mit ihnen zu Boden.

„Halt!“ donnerten da die Stimmen des Nebels wieder auf. Die Engel zogen sich mit angststarren Gesichtern zurück. Mischa atmete keuchend. Der Nebel kroch heran. Wogte über den Boden. Irisierte, glühte, wie von innen erleuchtet. Es waren nicht die gleichen Nebelschwaden wie vorhin, am Rand des Elfenhains.

Diese Nebel hier – lebten!

Es waren – die Geisternebel!

12. Ein schreckliches Geheimnis

Die unglaubliche Masse kam näher. Ein weißgrauer Schwamm, ein pulsierendes, zuckendes, waberndes Etwas, das seine Konturen ununterbrochen veränderte. In dem Gesichter und Fratzen erschienen, zu ihnen herausgeiferten – und sogleich wieder verschwanden. Nebelfinger schwebten empor und zerfaserten. Ganze Arme wehten im Wind. Große Krallenhände zogen das Wahnsinnsgebilde voran.

„Ihr seid also vernünftig!" gellten die Stimmen der Geisternebel. „Und ihr sollt es nicht bereuen, denn wir wollen euch nichts Böses antun. Wir wollen nur den Zauberstein. Nur ihn!"

Mischa, Thay-Lee und Rajd wichen weiter zurück. Es war aussichtslos, das wußten sie. Mischa packte den Zauberstein.

„Halt!" gellte seine entschlossene Stimme. „Wenn ihr auf den Stein so furchtbar scharf seid, dann wißt ihr bestimmt auch, wie gefährlich er in den richtigen Händen ist. Und bei mir ist er in den richtigen Händen!" Mischas Nerven spannten sich zum Zerreißen an. In seiner Magengrube wühlte das Entsetzen, die Angst, die Panik!

„Oh ja", antworteten die Nebel. „Das mag sein. Wir wissen sogar, wie du aus Kammardan entkommen bist . . . Also muß etwas Wahres an deinen Worten sein. Aber wir sind die Geisternebel . . . du wolltest uns in unserem Tal im Felsenlabyrinth der Himmelhohen Berge aufsuchen – und nun sind wir dir zuvor- und hierhergekommen. Wir wissen alles über dich . . . So zum Beispiel auch, daß du niemals etwas tun würdest, was das Leben anderer gefährdet. Und so laß dir sagen: Uns magst du vielleicht vernichten können mit deiner Macht, aber dies wäre gleichzeitig auch das Todesurteil für die Elfen und die Präriehexen. Du kennst sie nicht, hast sie noch nie gesehen, abgesehen von Ilra und Ris. Aber trotzdem bist du für sie verantwortlich. Wenn du uns tötest, dann tötest du auch sie. Und fortan müßtest du mit dieser Schuld leben – als Verfluchter!

Sei vernünftig, Mischa. Gib uns den Zauberstein. Auch ohne dieses Juwel bist du der Wahre Erbe der Macht. Es ist besser für dich – wirklich. Du weißt ja nicht, wie gefährlich der Stein ist. Gib ihn uns – und dann zieh mit deinen Freunden dahin in Frieden.“ Und jetzt wurden die Stimmen lokkend und sanft.

Mischas Lippen preßten sich aufeinander. Sein Gesicht war kantig und bleich. Das Blut rauschte in seinen Ohren, und seine Schläfen hämmerten. Er konnte keinen klaren Gedanken fassen. Er wußte nur: die Geisternebel hatten recht, so verdammt recht. – Aber: er konnte sie vernichten. Und gleichzeitig würde das Gefühl der Leere in ihm abermals zunehmen. Und die Gefangenen der Geisternebel würden sterben. Alle. Hunderte von Lebewesen.

Nein! Es mußte eine andere Lösung geben!

„Wer seid ihr, daß ihr so sicher sein könnt, wie ich handle?“ fragte er mit metallisch klingender Stimme.

Die Nebel stießen ein höhnisches Lachen aus, wogten höher, und menschliche Gesichter bildeten sich. Alte Gesichter, umrahmt von weißen, langen, gewellten Haaren. „Weißt du das noch immer nicht, Mischa? Hast du es nicht geahnt, seit du von Zafaschs Rücken zum Schattenturm gesprungen bist?“

Mischa spürte, wie ein aberwitziger Schrei in seiner Kehle aufstieg, aber dieser Schrei wurde niemals laut. Seine Gedanken rasten. Deshalb haben die Meister der Lüge immer gewußt, wo ich zu finden war . . . deshalb waren sie über jeden Schritt, den wir gemacht haben, informiert . . . Es müssen die –

„Hast du nicht schon einmal flüchtig daran gedacht, Mischa?“ unterbrachen die geifernden Nebelstimmen. „Doch. Du kennst uns. Du hast es geahnt, du wolltest es dir nur nicht eingestehen! Nur WIR konnten wissen, daß du wieder nach Camelon kommst, nur WIR konnten wissen, wo du auf Camelon ankommen würdest – und wie; nämlich auf Zafaschs Rücken. Nur wir. Weil WIR es waren, die dich gerufen haben, die dir das Kommen überhaupt erst ermöglicht haben – mit unserem guten, dummen, ahnungslosen Zafasch.

Wir sind die Großen Alten vom Goldenen Quell!"

★

Etwas in Mischa gefror.

Etwas in ihm gab auf. Das Schwert entfiel seiner plötzlich so kraftlosen Hand. Alles war geplant, von Anfang an. Die Versetzung in die Dunkelburg, zu den Hexen und den Drachen, hämmerte es in ihm. Dann die Rückkunft in die Teppichetage. Die Flucht auf Zafasch. Der gute, liebe Zafasch. Wenn er geahnt hätte, zu was sie ihn benutzen . . . Diese Teufel! Die Großen Alten vom Goldenden Quell! Inbegriffe des Guten auf Camelon! Auch sie waren also zum Bösen übergewechselt! Auch sie hatten den Verlockungen der Meister nachgegeben!

Der Zauberstein in Mischas rechter Hand begann zu pulsieren. Ein hartes, frostiges gelbes Licht strahlte davon aus. Mischas Zorn und Empörung hatten ihn schlagartig zum Leben erweckt, ohne daß er das noch hätte steuern können.

Die Nebel schrien auf.

„Warum?" brüllte Mischa, und in seinen Augen glühte dasselbe gefährliche Leuchten wie im Zauberstein. „Warum habt ihr das getan? Warum seid ihr Verräter geworden?"

„Weil in dieser und in allen anderen Welten allein das Böse eine Zukunft hat. Weil wir leben wollten. Als die Großen Alten waren wir sterblich – doch als die Geisternebel werden wir ewig leben! Ewig! Verstehst du? Das Gute ist schwach. Das Gute gibt es nur in der Theorie. Es ist Wunschdenken. Alle wollen es – doch nur die wenigsten *leben* es! Niemand ist wirklich gut. Alle sind bestechlich. Und so war unser

Überlaufen nur eine logische Konsequenz. Gib auf, Mischa. Gib uns den Zauberstein! Du hast keine Chance – denk an die Gefangenen –" Und damit explodierte ihr Schreien zu einem verzweifelten Ruf.

„Frostherz! Komm und HILF UNS!"

„Ihr habt nicht recht", brüllte Mischa angewidert zurück und ignorierte das Schreien der Nebel. Er setzte sich in Bewegung. „Das Gute hat eine Chance. Es ist nicht nur Theorie! Das werde ich euch beweisen!" Und er ging auf sie zu, und der Zauberstein leuchtete heller, wie eine in Mischas Hand gefangene Sonne!

Denk an die gefangenen Präriehexen, an die Elfen! hämmerte es hinter seiner Stirn, und die Verzweiflung in ihm blähte sich auf. Die Wut. Die Empörung. Alles wirbelte durcheinander. Er keuchte. Feuerringe kreisten vor seinen Augen. Sonnen verglühten und zerplatzten. Schwärze wollte sich über seinen Geist senken.

VERNICHTE SIE! lockte die Stimme des Zaubersteins in seinen Gedanken. ICH KANN ES FÜR DICH TUN! EIN GEDANKENBEFEHL VON DIR, UND SIE SIND TOT UND SCHWARZE SCHLACKE! VERNICHTE SIE! DENK NICHT AN DIE ANDEREN!

Und sein Zorn spülte alle Bedenken beiseite.

Noch heller leuchtete der Zauberstein, und Mischa wußte – gleich würde ein glutendes, feuerspeiendes Inferno gewaltiger Energien entfesselt werden – beim geringsten Gedankenimpuls würden die Geisternebel sterben.

Aber – er tat es nicht.

Er durfte und er wollte es nicht tun.

Er entspannte sich. Das elektrische Knistern der Luft ringsum war überlaut. Mischa dachte an Thay-Lee und Rajd und El Botzo. An alle Gefangenen der Schergen der Meister der Lüge. Nein! sagte er sich noch einmal. Das Leuchten des Zaubersteins verblaßte. Die Nebel gerieten in wirbelnde Bewegung. Die Gesichter der Großen Alten waren nicht mehr zu sehen – nur mehr die vielen Augen im Nebel, große Raubtieraugen, Münder und die Hände.

„Pack sie, Frostherz!"

„Pack sie schnell, bevor er es sich noch einmal überlegt!"

Und dann kam Frostherz. Der Boden erzitterte. Nur zwei, drei Mal. Dann sah Mischa die riesenhaften Füße im Nebel auftauchen, die gigantischen Beine – und hoch, hoch über sich den muskulösen Schatten, der sich herunterbeugte und Thay-Lee und Rajd packte und mühelos hochriß.

Frostherz war – ein Riese!

13. Ausgetrickst!

„Du hattest nie eine wirkliche Chance, Mischa!" geiferten die Geisternebel jetzt und wogten und wirbelten triumphierenden Reigen. „Gib uns den Zauberstein! Oder behalte ihn. Aber dann wird Frostherz deine Freunde in Tiere verwandeln, wie er das in seiner Höhle im Tal der Geisternebel bereits mit so vielen Unvernünftigen getan hat!"

Rajd fluchte und zappelte. Thay-Lee schlug verzweifelt um sich. Dünn wehten ihre Stimmen von oben herunter.

„Ich habe nichts mehr zu verlieren, Geisternebel", sagte Mischa kalt. „Ihr könnt euch meine Freunde schnappen oder andere Unschuldige. Aber mich – mich kriegt ihr nicht. Und wenn ihr meine Freunde tötet, dann will auch ich nicht mehr leben!"

Der Stein leuchtete wieder auf.

Und Mischa meinte es in diesen Augenblicken völlig ernst.

„Ich werde die Bedingungen stellen. Hört her!" Seine Stimme hallte von den fernen Ruinenwänden wider. „Ihr laßt Thay-Lee und Rajd sofort frei. Ihr kümmert euch um Ris und Ilra. Die anderen Präriehexen und die Elfen werden ebenfalls freigelassen. Die Menschen, die Frostherz in Tiere verwandelt hat, auch. Und die Raubritter von Ugo Mankuso sollen verschwinden. Genauso wie eure geflügelten Helfershelfer.

Ich begebe mich in eure Gewalt. Mit dem Zauberstein. Den Zauberstein allein kriegt ihr nicht. Niemals. Lieber sterbe ich. Eher sorge ich dafür, daß –" Er sprach den Satz nicht zu Ende, aber die Drohung verstanden die verräterischen Großen Alten auch so.

Die Geisternebel überlegten blitzartig. Rajd und Thay-Lee brüllten noch immer in der Faust des Riesen, dessen Gesicht im Nebel hoch droben unsichtbar war.

„Also gut!" antworteten die Nebel. „Wir nehmen deine Forderung an! Du kommst mit uns, ins Tal der Geisternebel. Dort wirst du auf die Boten der Meister der Lüge warten, die dich abholen."

Mischa nickte, eine harte, ruckartige Geste. Sein Gesicht war steinern. Kein Muskelzucken verriet, was für ein Aufruhr der Gefühle in ihm herrschte. „Das werde ich. Ich wäre ohnehin in euer Tal gekommen. Ihr hättet euch die Mühe sparen können."

„Oh nein, Mischa. Unterwegs hättest du die Fee der Himmel getroffen. Sie hätte dich vor uns gewarnt, sie hätte dir verraten, daß wir Überläufer sind – Überläufer zum Bösen. Viona. Du erinnerst dich an die ernste junge Frau, die du in der S-Bahn gesehen hast, zu Hause, auf der Erde. Die dich in die Teppichetage gelockt hat?"

Er nickte schwach.

„Wir mußten ihr zuvorkommen!"

Ein anderer Nebelmund fiel ein: „Genug geredet! Der Handel ist geschlossen. Laß die beiden frei, Frostherz. Ich benachrichtige Ugo Mankusos Leute, daß die anderen ebenfalls freigelassen werden sollen."

„Ich warne euch", flüsterte Mischa drohend. „Wenn ihr mich hereinzulegen versucht, werdet ihr es bereuen. „Und wie zur Bestätigung flammte der Zauberstein wieder auf, und diesmal in einem stahlblauen Licht, das sich in die vordersten Nebelausläufer hineinfraß. Schreie gellten. Die Geisternebel flirrten angsterfüllt zurück.

„Wir halten unser Wort!" beteuerten sie. „Unser Auftrag lautete – den Zauberstein zu besorgen. Es war uns nicht untersagt, den Träger des Steins gleich mitzuliefern. Nur ohne Stein durften wir nicht mehr zurückkehren, sonst wären wir des Todes gewesen."

Und wieder eine andere Stimme sagte: „Wir sind keine blindwütigen Mörder. Nur, wenn es sich nicht vermeiden läßt –"

Ein böses, kaltes Lächeln umspielte Mischas Lippen. „Ihr seid schlimmer als nur Mörder. Viel schlimmer. Ihr seid die gemeinsten Verräter der guten Sache überhaupt!" Er spie es voller Verachtung hinaus.

★

Sein Schicksal war besiegelt. Der Riese Frostherz, der noch immer im Nebeltreiben verborgen war, gab Rajd und Thay-Lee frei. Die beiden schimpften wie die Rohrspatzen. Auch die anderen wurden befreit – alle. Aber dafür packte die gigantische Hand Mischa und hob ihn in die Höhe. Nicht einmal die Zeit bekam er zugestanden, die er gebraucht hätte, um sich von seinen beiden Freunden zu verabschieden.

Es war wie ein Traum – wie ein Alptraum, aber Mischa ließ sich nicht anmerken, wie sehr die Angst in ihm nagte. Sein Plan war aufgegangen . . . Und besonders der eine Satz des Geisternebels hallte in ihm nach: *„Nur ohne Stein durften wir nicht mehr zurückkehren, sonst wären wir des Todes gewesen . . ."*

Die Verräter würden ihr blaues Wunder erleben – ein tödliches Wunder! Sie würden bezahlen für ihren gemeinen Verrat!

Mischa riß sich zusammen. Seine Gefährten blieben unter ihm zurück, wurden kleiner und kleiner, und er hörte ihr Brüllen nur noch als leises Murmeln. Er verstand nichts davon, aber er WUSSTE, daß sie verzweifelt versuchten, ihn umzustimmen. Daß besonders Thay-Lee wütend auf ihn

war, weil er sich nicht bis zum letzten Blutstropfen gewehrt, weil er nicht ohne Rücksicht auf sie oder Rajd gekämpft hatte.

Mischa lächelte fast. Sie wußte ja – im Gegensatz zu Rajd – noch nichts von den phantastischen Möglichkeiten des Zaubersteins! Sie wußte nicht, daß er damit aus JEDEM Kerker, aus jedem Verlies entkommen konnte – zurück auf die Erde. Nicht nur die Meister der Lüge konnten das steuern, wie beim letztenmal, – er konnte das auch. Er mußte es nur wollen. Das hatte Zafasch ihm gesagt. Er mußte sich konzentrieren. Und das – das konnte er nur, wenn er völlig allein war. Wenn er mit keinen anderen Geiseln erpreßt werden konnte.

Mischa schmunzelte in sich hinein, aber er hütete sich, seine Fröhlichkeit auch nur mit einem Wangenzucken zu verraten. Die Elfen und die Präriehexen und die in Tiere verzauberten Menschen, Rajd, Thay-Lee und El Botzo . . . sie alle waren gerettet, und das, obwohl kein einziger Blutstropfen vergossen worden war. Das war ein Sieg, schöner und größer konnte es gar keinen geben!

Er hatte sie ausgetrickst! Nicht sie ihn!

Ich bin kein Schlächter, dachte Mischa. Ich bin kein rücksichtsloser Killer, der blindlings mit dem Zauberstein Energiebündel um sich schmeißt – und sich damit auf die gleiche Stufe wie die Meister der Lüge stellt. Und vielleicht – vielleicht bin ich gerade deshalb der wahre Erbe der Macht.

Das massige Gesicht des Riesen tauchte über ihm auf. Es war ein beinahe menschliches Gesicht – mit einer riesigen Nase, einem noch größeren Maul, aus dem der Atem in gewaltigen Windstößen fauchte. Unheimlich war an diesem Gesicht nur das einzelne Zyklopenauge, das mitten in der Stirn saß und ihn zufrieden betrachtete.

Mischa begann zu schauspielern. Er zog eine wütende Schnute. Daß seine Augen Haß und Verachtung sprühten, ging von selbst, dazu brauchte er sich gar keine Mühe zu geben. Außerdem – hatte er dank seiner Eltern nicht genügend Schauspielerblut in den Adern? Doch!

„Wie er sich aufregt, der Däumling in meiner Faust!“ donnerte Frostherz und lachte polternd.

Bald darauf machte er sich auf Geheiß der verräterischen Großen Alten auf den Rückweg ins Tal der Geisternebel, und die Erde bebte unter jedem seiner wuchtigen Schritte.

Mischa versuchte, einen letzten Blick auf seine zurückbleibenden Freunde zu werfen, aber sie waren in den dort unten treibenden Nebelschwaden unsichtbar.

Mischa hoffte, daß die Geisternebel tatsächlich Wort hielten. Er war jetzt ganz ruhig. Natürlich würden sie Wort halten! Dazu hatten sie viel zu großen Respekt vor dem Zauberstein!

Das Hämmern seines Herzens, die Verspannung, das dumpfe Klopfen in seinem Gehirn – alles war vergangen. Selbst die Leere in ihm wirkte nicht mehr so deprimierend. Er würde sie immer wieder auffüllen – mit guten Taten. Mit einem vollen Einsatz für das Gute. Der Kampf gegen die Meister der Lüge begann jetzt erst richtig. Mit jedem Abenteuer lernte er sie mehr kennen, und vielleicht – überlegte er – vielleicht war genau das der Sinn des Ganzen! Man fällt nicht als Held vom Himmel. Man muß lernen, lernen und nochmals lernen. Das wollte er!

Die gewaltige Hand des Riesen umfaßte ihn ganz sanft – eine bequeme, mächtige Höhle, in der ihm der peitschende Wind nichts anhaben konnte. Mischa kuschelte sich darin zusammen.

Einmal glaubte er kurz, Käsegestank wahrzunehmen. „El Botzo?“ fragte er ungläubig.

Aber er bekam keine Antwort.

Der Riese stapfte unbeirrt nach Norden, zum Tal der Geisternebel, und für Mischa begann jetzt das große Warten.

Sobald die Schergen der Meister der Lüge alle ihre Geiseln freigelassen, sobald alle diese Geiseln einen genügend weiten Vorsprung hatten und in Sicherheit waren, würde er seinen Plan in die Tat umsetzen, den Zauberstein aktivieren und zur Erde zurückkehren. Er sah das Juwel an. Es funkelte in einem kraftvollen blauen Feuer – und das war wie ein Versprechen!

ENDE

Der Zauberstein von Camelon

Die phantastischen Abenteuer auf der Welt Camelon beginnen für Mischa in einer Regennacht zwischen den Ruinen eines uralten Hauses: dort findet er den geheimnisvollen Zauberstein.
Von diesem Augenblick an überschlagen sich die Ereignisse. Mischa wird von schattenhaften Zwergen gejagt und findet sich plötzlich in einer unglaublichen Welt wieder: auf Camelon. Im Sumpf der Tränen. Hier tauchen sehr schnell neue unheimliche Verfolger auf . . . die Astratten! Aber Thay-Lee, die junge Amazone, hilft ihm weiter. Und da ist auch noch der dicke jugendliche Verspielte König Rajd, der am liebsten ein toller Zauberer wäre, mit seinen Zaubereien aber nichts als Chaos anrichtet.
Auf der Suche nach den Meistern der Lüge geraten die drei Kinder von einem turbulenten Abenteuer ins nächste – im Sumpf-Urwald, in der Wüste der Einsamkeit, in einer verzauberten Oase. Sie treffen auf die wunderlichsten Tiere und Wesen, sogar auf sprechende Blumen. Auch der Kobold El Botzo macht seinem Namen Ehre und mischt kräftig mit.
Aber Mischa gibt nicht auf. Er will die Geheimnisse des Zaubersteins ergründen, um den sich alles dreht. Und er will die Gefahren Camelons bestehen und wieder auf die Erde zurückkehren. Die Entscheidung fällt im Märchenpalast der Wüstenmenschen . . .

Hexensturm über dem Teufelsmeer

Auf Camelon, der phantastischen Welt der Abenteuer und der Magie, beginnt die atemberaubende Jagd auf die Meister der Lüge!
„Wenn ihr das Geheimnis der Meister lüften wollt, so findet Zaleikar, den Weisen Mann, der weder lebt noch sterben kann!“ Klar, daß Mischa, Rajd, Thay-Lee und der Kobold El Botzo keine Mühen scheuen, um diesem Tip nachzugehen. Sie wollen endlich wissen: Wer sind die Meister der Lüge? Und warum setzen sie immer wieder alles daran, Mischa und den Zauberstein in ihre Gewalt zu bringen?
Auch jetzt scheinen sie über jeden Schritt der Freunde Bescheid zu wissen. Alptraumhafte Gefahren drohen überall: Schwarzgepanzerte Ritter verfolgen sie bis zur Kristallstadt. Und dann bricht auch noch der Krieg aus auf Camelon. Mischa und seine Freunde müssen sich durch das Kampfgetümmel schlagen – nur so gelangen sie zum Teufelsmeer. Nach unglaublichen Abenteuern mit Piraten, sagenhaften Meerlebewesen und mit den Dieben der Schwimmenden Stadt finden sie Zaleikar tatsächlich. Doch bevor er helfen will, sollen Mischa und seine Freunde erst einmal sein fürchterliches Dasein bessern. Das geht nur mit einem Zaubertrank . . .
Als über dem Teufelsmeer der Hexensturm losbricht, ist scheinbar alles verloren! Können die Freunde die Schwimmende Stadt retten? Finden sie die Spur zu den Meistern der Lüge?